Dans le lit d'un homme d'affaires

BELLA FRANCES

Dans le lit d'un homme d'affaires

Traduction française de
ANNE DE RIVIÈRE-DUGUET

AZUR

HARLEQUIN

Collection : Azur

Titre original :
REDEEMED BY HER INNOCENCE

HARPERCOLLINS FRANCE
83-85, boulevard Vincent-Auriol, 75646 PARIS CEDEX 13
Service Lectrices — Tél. : 01 45 82 47 47

www.harlequin.fr

ISBN 978-2-2804-3915-2 — ISSN 0993-4448

1.

Nikos Karellis entra dans la suite nuptiale de l'hôtel Maybury Hall – qui accueillait cette année-là le gala du mariage – et jeta sa housse de costume sur le lit.

C'est donc ça, le romantisme ? songea-t-il, fronçant les sourcils devant les fleurs et les seaux glacés remplis de champagne. Il souleva une bouteille, vérifia le millésime et la reposa. Après avoir traversé huit fuseaux horaires et trois continents, il avait besoin de quelque chose de plus fort. Il finit par trouver ce qu'il cherchait derrière un miroir doré orné de chérubins rieurs : un plateau chargé d'une bouteille de whisky, de verres et d'une carafe d'eau. Parfait. Il se versa une généreuse rasade, puis l'avala d'un trait. Il se sentit aussitôt soulagé.

À la tienne, Martin ! se dit-il en inclinant son verre vers le chandelier. Au moins son ex-beau-frère avait-il meilleur goût en matière de whisky qu'en matière de décoration.

La suite nuptiale… Malgré les nombreuses chambres que comportait son hôtel luxueux, Martin avait choisi de l'installer là. Peut-être était-ce son idée d'une bonne blague, mais cela n'avait rien de drôle. Plus grand-chose de son mariage avec Maria ne le faisait rire, désormais.

Nikos s'apprêtait à se verser un deuxième verre quand il suspendit son geste. La tentation était forte, mais il devait garder l'esprit clair s'il voulait faire toute la lumière sur cette histoire de succession. Quoi qu'en pense Martin, il n'était pas au courant des malversations de Maria. Mais ce face-à-face arrivait à point nommé car cette histoire l'épuisait – tant moralement que financièrement.

Et Nikos ne partageait pas non plus l'avis des avocats de Martin et du fisc, il n'y avait pas d'avoirs dissimulés, de magot caché ou d'investissements off-shore. Maria avait tout dépensé en alcool et en drogue. Ce ne serait pas une chose facile à dire à son frère, mais Nikos ne pouvait plus reculer. La bataille juridique durait depuis trop longtemps et il en avait assez. Il avait donc saisi son téléphone et sollicité un rendez-vous.

Lorsque Martin lui avait suggéré d'assister au dîner de gala qui se tiendrait dans un de ses hôtels de luxe, Nikos n'avait pas hésité une seconde. C'était ça ou attendre encore six semaines qu'ils trouvent une date qui leur convienne à tous les deux. Mais maintenant qu'il était là, il était impatient d'en finir. Cela faisait cinq ans que Maria était décédée et, s'il avait jeté son alliance dans la mer Égée, la douleur et les souvenirs avaient été beaucoup plus difficiles à chasser.

Trop tard pour s'en empêcher, il toucha son annulaire. Rien… Sa chaîne de grands magasins avait beau être classée parmi les plus lucratives du monde avec un chiffre d'affaires annuel dépassant les quatre milliards, cette sensation de peau nue était la meilleure qui soit. Elle représentait la liberté de choisir seul sa route, sans épouse pendue à son cou, sans dommages à réparer. Il ne lui restait plus qu'à régler ces derniers détails, et il serait totalement libre de toute contrainte.

Plongé dans ses pensées, il se versa un verre d'eau et s'approcha de la fenêtre. Le domaine était spectaculaire et les jardins, composés de chênes, de pelouses et d'étangs bordés de saules pleureurs, s'étendaient à perte de vue. Il pouvait tout juste voir le toit du pavillon de chasse et l'immense portail en fer forgé au bout de l'allée où une voiture venait de s'arrêter. Quelque chose dans le véhicule attira son attention et il se pencha pour mieux voir…

Mais un coup frappé à la porte le fit sursauter.

— On m'a dit que tu étais arrivé…

Martin Lopez se tenait dans l'entrée et, l'espace d'un instant, les deux hommes se dévisagèrent. Martin avait les mêmes cheveux noirs, yeux sombres et pommettes saillantes que Maria – un visage qu'il avait autrefois trouvé ravissant, irrésistible, faisant naître en lui un sentiment si fort qu'il était passé du statut de motard délinquant à celui de mari modèle en l'espace de trois ans.

À bien y réfléchir – chose qu'il avait très souvent faite durant ses dix années de mariage –, l'accident de voiture qui avait été à l'origine de sa rencontre avec son épouse était prévisible. À la minute où il l'avait extraite de la Bentley, écrasée contre un lampadaire au bord d'une autoroute australienne, ils étaient devenus inséparables. Elle avait tout fait pour le garder dans sa vie et, après ce qu'il avait vécu, il avait eu l'impression d'être arrivé au paradis.

Hélas, certaines promesses étaient difficiles à tenir pour Maria.

— Martin ! C'est bon de te revoir.

Nikos s'avança vers Martin la main tendue, et perçut sa nervosité quand celui-ci répondit à son salut.

— Ravi que tu sois venu, Nikos. Cela fait longtemps.

— Trop longtemps, renchérit Nikos, gardant sa main dans la sienne plus longtemps que nécessaire, comme pour s'assurer qu'ils étaient toujours amis malgré tout.

— Oui, je voulais prendre contact avec toi, mais cela n'a pas été facile ici depuis le décès de Maria.

— J'imagine que non. Nos vies ont pris des directions différentes, convint Nikos.

Il fixa Martin droit dans les yeux, s'interrogeant sur

ce que son ami avait en tête. Manifestement, quelque chose le perturbait.

Martin détourna le regard et se dirigea vers la porte.

— Veux-tu que je te fasse visiter les lieux avant l'arrivée des invités ? lança-t-il par-dessus son épaule.

— Avec plaisir.

Nikos le suivit dans l'entrée dont les murs étaient couverts de portraits d'aristocrates anglais se demandant sans doute ce qui était arrivé à l'ancienne demeure depuis que le groupe hôtelier Lopez l'avait métamorphosée.

— Je te suis vraiment reconnaissant d'avoir accepté de présenter une des récompenses ce soir. Nous avons vendu cinquante places supplémentaires grâce à toi.

Nikos haussa les épaules.

— Aucun problème. J'étais en route pour Sydney quand j'ai reçu ton coup de fil.

— Tu allais rendre visite à ta mère ? Comment va-t-elle ?

Ils se tenaient en haut d'un immense escalier – l'endroit idéal pour les séances photo des jeunes mariés.

— Elle va bien, je te remercie. Elle ne sait plus qui je suis, mais elle semble heureuse et on prend bien soin d'elle.

Ses visites mensuelles à sa mère étaient très importantes à ses yeux. Il savait qu'elles ne dureraient plus longtemps…

— Alors, comment vont les affaires ? s'enquit-il, désireux de changer de sujet.

Ils descendirent l'escalier tandis que des employés, portant d'immenses bouquets de fleurs et de somptueux gâteaux, se croisaient dans le hall.

— Je vais bientôt tout arrêter, annonça Martin. Le gala de ce soir est le dernier que je parraine. Je veux terminer sur une note positive. Le marché de l'hôtellerie va bien, mais l'industrie du mariage est étranglée par la concurrence étrangère.

— La Chine ?

Martin hocha la tête.

— Cela touche plus particulièrement les robes de mariée. Avec le volume que produisent les Chinois, le petit industriel ne peut plus faire de marges. Sauf s'il fait du haut de gamme, mais même là c'est difficile.

— Les gens voudront toujours se marier, objecta Nikos.

Tout le monde sauf lui, bien sûr.

— Oui, mais ce n'est plus comme avant. Même ceux qui connaissent cette activité depuis longtemps le ressentent. Un de mes vieux amis a d'ailleurs décidé d'arrêter l'aventure et c'est sa fille qui a repris le flambeau.

Arrivés en bas de l'escalier, ils traversèrent le hall d'entrée. Toute la panoplie d'une industrie fondée sur le romantisme et le rêve – l'amour et le mariage – s'étalait sous leurs yeux. Une mascarade qui le laissait de glace.

— C'est dommage, reprit Martin, car c'est une fille charmante – en tout cas, elle l'était la dernière fois que je l'ai vue – mais elle est complètement dépassée.

— Pourquoi dommage ? Elle n'a pas les compétences nécessaires ou elle a trop investi ?

— Un peu des deux, sans doute. Ce qui rend les choses compliquées. Elle sera ici ce soir et j'ai l'impression qu'elle va tenter d'obtenir un financement. Et je n'ai pas le cœur de lui dire que le problème vient d'elle.

— Ah oui, ce n'est pas simple, convint Nikos qui avait lui aussi un message difficile à transmettre à Martin.

Ils s'arrêtèrent sur le seuil de l'immense salle à manger. Des tables recouvertes de nappes blanches étaient disposées un peu partout, et l'orchestre installé sur le côté de l'estrade faisait entendre des sons discordants.

Les personnalités influentes de l'industrie du mariage seraient bientôt présentes et se féliciteraient de leur réussite. Et lui, l'homme le moins susceptible de se marier à nouveau, présenterait à l'un d'entre eux ce soir un cube en plexiglas qui finirait posé quelque part sur une étagère. L'ironie de la situation ne lui échappa pas.

Soudain, des panneaux lumineux posés de part et d'autre de l'estrade s'allumèrent et des images de jeunes mariées, vêtues de longues robes fluides et courant dans des champs de blé défilèrent sous ses yeux. C'en était trop.

— Quel est le programme ? demanda-t-il en faisant face à Martin. N'oublie pas que nous avons à discuter.

— Oui, dès la fin de la cérémonie. Je te le promets.

— J'attendrai jusqu'à 22 heures. Puis nous parlerons et je m'en irai. Je ne reviendrai plus.

Une ombre traversa le visage de Martin.

— Le souci est que je ne suis pas le seul à vouloir faire toute la lumière sur cette histoire. Des gens que Maria fréquentait sont très mécontents, Nikos. Des gens que tu connais bien.

Nikos sursauta. Un frisson glacé parcourut sa nuque. « Des gens que tu connais bien. »

Il avait cru que cette histoire était morte et enterrée avec son épouse. Mais il s'était trompé. Le problème était toujours là, telle une ombre maléfique.

Il prit une profonde inspiration et redressa les épaules. Il n'avait pas le choix et ne l'avait jamais eu. Mais sa mère était en sécurité et c'était tout ce qui comptait. Il jeta un coup d'œil à son ami. Ce n'était pas sa faute. Il ne pouvait s'en prendre qu'à lui-même.

— Nous allons résoudre ce problème, promit-il. Ils ne t'ennuieront pas.

Là-dessus, il tapota l'épaule de Martin et se fraya un chemin entre les tables.

*
* *

À quelques kilomètres de là, dans la jolie petite bourgade de Lower Linton, Jacquelyn Jones, propriétaire de la société Ariana, se préparait pour la soirée de gala. En tant que chef styliste d'une boutique de robes de mariée qui fêterait bientôt ses cinquante ans d'existence, elle *aurait pu* recevoir une distinction ce soir. Après tout, son père en avait reçu plusieurs durant les deux décennies passées, avant qu'elle ne reprenne le flambeau… et que l'entreprise cesse de faire d'excellents bénéfices. Si elle se rendait ce soir à la cérémonie, c'était pour chercher des financements. En effet, si elle n'en trouvait pas rapidement, l'entreprise familiale risquait de disparaître.

Mais, d'abord, elle devait se débarrasser de Barbara, qui venait d'entrer dans la cour. Avec cinq maris à son actif, celle-ci était l'une des meilleures clientes de la boutique, mais aussi la plus indiscrète. Nul doute qu'elle avait perçu l'angoisse que Jacquelyn s'efforçait de maîtriser tandis qu'elle plaçait des arums dans un vase.

— Vous allez donc à la cérémonie qui aura lieu ce soir à Maybury Hall ? Pour y croiser ce serpent de Tim Brinley ? Son comportement envers vous était honteux et il aurait dû être rayé de la liste au lieu de recevoir une distinction !

— On ne peut pas rayer quelqu'un de la liste pour cause d'infidélité, Barbara, protesta Jacquelyn, même si elle aurait voulu faire bien pire à son ex-fiancé. Et il mérite cette récompense. C'est un excellent photographe.

—. Vous dites ça, mais il vous doit tout. Et ce ne sera pas facile pour vous de faire bonne figure. Imaginez les gens qui murmurent derrière votre dos…

— Personne ne s'intéressera à moi. Nikos Karellis sera là et tout le monde aura les yeux fixés sur lui.

— Quoi ? Nikos Karellis, le propriétaire des grands magasins House ? Le beau milliardaire grec, qui est aussi l'un des célibataires les plus convoités du moment ?

— Je crois qu'il est gréco-australien, précisa Jacquelyn, même si je ne vois vraiment pas ce qu'on lui trouve.

— Oh ! Jacquelyn ! répondit Barbara, tous les hommes ne sont pas mauvais. Tim s'est montré cruel envers vous, mais il est temps que vous vous intéressiez un peu aux autres.

— Il s'agit d'un dîner de gala, Barbara, pas d'une soirée pour célibataires.

Elle déplaça un arum et recula d'un pas pour examiner l'ensemble.

— Mais vous n'aurez peut-être plus jamais l'occasion de rencontrer Nikos Karellis. Imaginez les portes qu'il pourrait vous ouvrir… Et cela vous ferait du bien de vous amuser un peu. Vous n'êtes pas au mieux de votre forme depuis que Tim vous a quittée. Et cela nuit aux affaires. Votre boutique se dégrade un peu, si vous me permettez.

Jacquelyn garda son visage tourné vers les arums, même si elle ne les voyait pas car elle avait fermé les yeux. Barbara avait raison. Et le fait que sa déconfiture soit si flagrante rendait les choses plus difficiles encore. Elle pouvait à peine payer les salaires de ses employés, sans parler de rafraîchir la boutique. Et elle avait épuisé toutes les voies légales pour emprunter de l'argent. La banque voulait qu'elle rembourse son prêt initial, et capter l'intérêt d'un financier semblait impossible. Ils la considéraient comme une petite fille jouant à la marchande, et non pas comme une femme d'affaires sérieuse. Elle était prise dans un cercle vicieux de concurrence acharnée, de maigres bénéfices et de coûts élevés.

— Je ne sais pas à quoi vos parents pensaient quand ils sont partis en Espagne en vous laissant seule ici, après ce qu'il s'est passé. Pas étonnant que la boutique ait périclité.

— Ils sont partis pour soigner les rhumatismes de

maman, dit Jacquelyn dans un soupir, et il n'est pas question de les voir revenir ici parce qu'ils s'inquiètent pour moi. Si vous voulez bien m'excuser…

Elle se leva, ramassa les tiges coupées et les jeta, puis se dirigea vers son studio pour y trouver un peu de calme.

En vain. Les croquis de robes de mariée sur lesquels elle travaillait depuis des jours étaient étalés sur son bureau et, mue par une impulsion, elle les saisit, en fit une pile et les jeta par terre. Ils étaient nuls, elle le savait. Elle avait perdu sa fibre créatrice depuis qu'elle ne croyait plus aux contes de fées. Elle avait besoin d'argent pour embaucher une personne capable de la remplacer.

Levant les yeux, elle vit Barbara debout sur le seuil de la porte.

— C'était gentil d'être passée me voir, Barbara, mais je ne voudrais pas vous retarder. Vous devez sûrement avoir beaucoup à faire, ce soir.

— Oui, je suis assez occupée, admit Barbara en balayant le studio du regard.

Jacquelyn vit trop tard la pile de tasses sales dans l'évier, preuve flagrante de son laisser-aller.

— En tout cas, j'espère que vous montrerez à Tim Brinley ce qu'il a perdu ! reprit Barbara.

Affichant un sourire contraint, Jacquelyn ramassa ses croquis. La silhouette sur celui du dessus sembla se recroqueviller quand elle reposa la pile sur la table et, une fois de plus, Jacquelyn maudit le stress qui l'habitait et l'empêchait de dessiner. Et pourtant, il fallait qu'elle y arrive. Cela devenait urgent.

— Nikos Karellis se ferait sûrement une joie de vous aider, insista Barbara. Il adore les jolies femmes. Si tout le reste échouait…

— Si tout le reste échouait ? Qu'entendez-vous par là, Barbara ? Que je me jette au cou d'un parfait étranger ? Croyez-vous que ce soit mon style ?

— Si c'était votre style, ma chère, vous ne seriez pas dans l'embarras ! riposta Barbara. Et à votre place, je commencerais à me préparer dès maintenant. Vous avez les yeux un peu gonflés. Inutile de me raccompagner…

Elle passa devant elle, laissant dans son sillage un nuage de parfum capiteux et s'éloigna, le bruit de ses talons claquant sur les pavés de la cour avant de s'estomper et de cesser complètement quand la lourde porte en bois se referma.

Jacquelyn demeura immobile jusqu'à ce qu'elle entende enfin la voiture démarrer. Elle poussa alors un grand soupir et sentit les larmes perler à ses paupières. Encore…

Arrête. Ressaisis-toi !

Cela faisait cinq ans qu'elle gérait l'entreprise familiale et elle l'avait laissée péricliter. Elle ne pouvait s'en prendre qu'à elle-même, hélas. Elle n'avait pas été suffisamment attentive, s'inquiétant de choses qui s'étaient révélées sans importance. Comme sa rupture avec cet homme minable…

Effondrée, elle s'assit à son bureau. Elle saisit ses croquis et les étala devant elle. N'importe quel imbécile pouvait voir qu'il manquait quelque chose. Mais elle n'arrivait pas à trouver ce qui n'allait pas. Lorsqu'elle les avait montrés à Victor, le chef d'atelier, il s'était montré courtois et élogieux, mais elle avait remarqué son air confus. Une autre collection ratée…

La lumière dans son studio devenait crépusculaire. À travers la fenêtre, Jacquelyn voyait la circulation sur la route principale qui menait à Londres. Un peu plus loin, à l'est, se trouvait Maybury Hall, où se tenait ce soir la cérémonie de remise de prix. Il lui fallait se dépêcher si elle ne voulait pas arriver en retard. Tout le monde pouvait bien se répandre en compliments devant Nikos Karellis, mais c'était l'ami de son père,

Martin Lopez, qu'elle souhaitait voir. Elle comptait lui demander d'investir dans son entreprise. Elle lui offrirait cinq pour cent de la société. Vingt pour cent, même. Tout ce qu'il voudrait…

2.

Jacquelyn afficha un sourire contraint et leva sa coupe de champagne. Elle n'en boirait pas une goutte, mais c'était l'accessoire parfait pour occuper ses mains.

Elle avait beau être au fond du gouffre, elle savait donner le change. Sa robe était une pure merveille et sa chevelure blonde et soyeuse était habilement nouée et maintenue par des perles. Sa robe était d'un bleu céruléen. Le corsage en mousseline décolleté et la longue jupe de soie portaient la signature des Jones. Son cou gracile et ses épaules fines et élégantes étaient mis en valeur par une unique perle en forme de gouttelette sur une chaîne en or. Son maquillage léger était le fruit d'un savant dosage de tons et de couleurs et ses lèvres étaient brillantes, douces et pulpeuses.

En résumé, elle était éblouissante, se dit-elle. C'était fou comme quelques artifices pouvaient faire des miracles. Mais si elle, avec son savoir-faire et ses relations, ne pouvait faire d'une buse un épervier, qui le pourrait ?

Sous les flashs des appareils photo, elle afficha un sourire éclatant, tout en balayant du regard la foule des invités. Puis elle redressa les épaules et tourna discrètement la tête pour voir si Martin était arrivé. Elle ne voulait pas que son geste soit trop évident. Même si cela importait peu, au bout du compte. Les gens croiraient qu'elle voulait séduire Tim Brinley ou pire, Nikos Karellis.

Elle s'était montrée désinvolte lorsque son père l'avait appelée pour lui parler de cette cérémonie. Bien sûr que la présence de Tim ne la dérangeait pas. La vie reprenait son cours, et elle aurait une conversation avec Nikos Karellis si l'occasion se présentait. Elle se ferait même un point d'honneur de saluer Martin Lopez, dont elle se souvenait fort bien.

Soudain, son sourire s'effaça et elle sentit la nervosité la gagner. Se reprenant, elle but une petite gorgée de champagne puis reposa sa coupe, feignant de passer une merveilleuse soirée à écouter les potins de ses voisins de table.

— J'ai entendu dire que Nikos Karellis était arrivé.

— Il a déjà fait sensation. Il loge dans la suite nuptiale… Mais sans fiancée, bien entendu.

— Ah… Je me demande bien qui sera la nouvelle Mme Karellis.

— Je viens tout juste d'apprendre qu'il avait été marié à Maria Lopez. Elle était pourtant assez âgée pour être sa mère !

— Je ne pense pas qu'il cherche une mère, maintenant !

— Je n'ai jamais entendu parler d'elle avant…

— Comment est-ce possible ? Je croyais que tout le monde connaissait cette histoire !

Jacquelyn la connaissait depuis longtemps. En fait, depuis ce fameux matin, au petit déjeuner, quand son père avait posé le journal en s'écriant : « Bon sang ! Vous ne devinerez jamais qui vient de mourir », avant de leur raconter l'histoire de son ami, Martin Lopez, et de sa jolie sœur qui avait épousé un homme de quinze ans son cadet. Des photos de lui, portant le cercueil de son épouse, le chagrin inscrit sur son beau visage, avaient défrayé la chronique.

— Pauvre homme, avait soupiré sa mère.

— Pauvre homme ? s'était étonné son père. Il a hérité d'une fortune !

— Il vient de perdre son épouse ! avait protesté sa mère. L'argent ne soulagera pas sa peine. Et à en juger par cette photo, il devait être fou amoureux d'elle.

Jacquelyn s'était contentée de siroter son thé. Elle savait ce qu'était l'amour. Chaque fibre de son corps vibrait pour Tim, son amour de jeunesse. Il était son meilleur ami, son fiancé, et bientôt son mari.

Malgré la tentation, ils avaient décidé par amour de se préserver pour leur nuit de noces, car rien n'avait plus d'importance à ses yeux à elle. De toute façon, ils n'avaient pas le choix ; c'était ainsi que se comportaient les jeunes gens sages. *Nonna* Ariana, sa grand-mère, méprisait les femmes qui portaient du blanc alors qu'elles auraient dû porter de l'ivoire.

« Si c'est la journée la plus importante de leur vie, qu'elles se comportent en conséquence. Une robe de mariée n'est pas seulement une jolie robe, c'est un symbole et elles devraient se montrer plus avisées au lieu d'être la honte de leur famille ! » disait-elle toujours.

Jacquelyn s'était donc résolue à patienter, tout comme Tim, car cela en valait la peine. Et peu importe s'ils devaient attendre quelques mois de plus. Le plaisir n'en serait que meilleur.

À l'époque, Nikos Karellis n'avait pas eu d'importance à ses yeux. Et contrairement aux autres femmes présentes ce soir, il n'en avait pas davantage aujourd'hui. Elle n'allait pas perdre son temps à parler à quelqu'un dont l'intérêt pour les femmes n'était que superficiel. C'était Martin Lopez qu'elle devait trouver. Et vite. Il fallait à tout prix qu'elle puisse lui parler ce soir.

— C'est lui. Le voilà !

Jacquelyn sursauta comme une biche aux abois, mais ce n'était que le séduisant Australien qui venait d'entrer.

— Il est merveilleux, n'est-ce pas ?

Malgré elle, Jacquelyn tourna la tête vers l'estrade.

Il n'y avait aucun doute là-dessus, convint-elle en silence. Était-ce à cause de sa taille, de la largeur de ses épaules ou de son costume bleu foncé ? Était-ce à cause de ses cheveux noirs et courts, de sa barbe naissante ou de son tatouage qui partait de son oreille gauche et disparaissait sous son col de chemise ?

Quoi qu'il en soit, il était d'une beauté ténébreuse et, comme les autres femmes, elle le fixa longuement. Un par un, les gens se levaient pour le saluer avec effusion – des personnes que Jacquelyn savaient être d'excellents hommes et femmes d'affaires et qui se comportaient comme des groupies excitées.

— Voulez-vous faire sa connaissance ? lui demanda sa voisine de table.

— Non merci, riposta-t-elle un peu trop sèchement.

— À votre guise, répondit la femme.

Jacquelyn la regarda traverser la pièce en ondulant des hanches, tout en essayant d'apercevoir Martin, mais la foule autour de Nikos était si compacte qu'elle dissimulait la table des officiels.

Et soudain elle le vit, assis à côté de Nikos. Il faisait plus vieux que dans ses souvenirs, avec ses cheveux noirs striés de gris, mais il était toujours très élégant.

Pourvu qu'il se souvienne de moi ! se dit-elle en se dirigeant vers Martin.

Nikos sentait que sa patience avait atteint ses limites. Il affichait toujours un grand sourire, mais il avait parlé et serré des mains toute la soirée. Il détestait les effets pervers de la notoriété. Les gens qui voulaient le saluer étaient certes gentils, mais ils n'avaient aucune idée de qui il était… et d'où il venait. Ils ne voyaient qu'une vision enjolivée de la réalité, aussi truquée que l'industrie du mariage elle-même.

Il se pencha vers Martin.

— Cela va durer encore combien de temps ?

Martin haussa les épaules et sourit.

— La remise des récompenses débute dans cinq minutes. Ensuite, nous pourrons nous éclipser.

Nikos hocha la tête et se redressa, essayant de se rappeler le nom de la femme qui venait de se présenter à lui mais, lorsqu'il pivota vers elle, la vieille dame rondouillette avait été remplacée par une très jolie créature…

Elle était grande, élancée et blonde, et il l'évalua d'un regard exercé – de sa longue robe d'un bleu céruléen qui épousait à la perfection ses courbes féminines jusqu'à son élégante coiffure, en passant par les gracieuses courbes de ses épaules. Elle n'était pas vraiment sensuelle, mais quelque chose dans la forme de ses hanches et la rondeur de ses seins fit fortement réagir son corps – réaction qu'il n'avait pas eue depuis fort longtemps, nota-t-il avec plaisir.

La soirée prenait soudain une nouvelle tournure, et alors qu'il lui tendait la main, il songeait déjà à abréger sa conversation avec Martin pour être libre de faire connaissance avec cette beauté.

Mais elle ne saisit pas sa main.

Elle ne regarda même pas dans sa direction, mais passa résolument devant lui et s'arrêta en face de Martin, qui se leva aussitôt.

— Jacquelyn ! C'est bien toi ! Je t'ai vue approcher et je me suis demandé si c'était toi. Je pensais bien te voir ce soir.

Jacquelyn ? Nikos enregistra son nom et les observa, se demandant comment se déroulerait leur échange. Mais à la façon dont Martin l'embrassait sur les deux joues, il l'aimait manifestement beaucoup. Pourtant, il avait au moins deux fois son âge…

Le comportement de la jeune femme aussi était intéressant : son anxiété transparaissait dans son maintien rigide, ses épaules tendues et son sourire un peu crispé.

— Et voici mon beau-frère, Nikos Karellis. Nikos, je te présente Jacquelyn Jones, propriétaire de la boutique Ariana. Son père et moi étions ensemble à l'école.

Elle tourna son beau visage et son regard affûté vers lui. Son sourire se détendit légèrement, nota-t-il. Elle cligna des yeux et accepta la main qu'il lui tendait, mais elle la retira aussitôt et ce simple geste lui fit comprendre qu'il ne l'intéressait pas.

Bon, ces choses-là arrivaient. Pas souvent, certes, mais il ne pouvait pas plaire à toutes les femmes ! Surtout à celles qui se croyaient au-dessus de lui. Malgré sa fortune, il n'oubliait jamais ses origines humbles. Et manifestement, elles non plus…

Il connaissait la chanson. À cause de ses tatouages – ses peintures de guerre, comme les appelait sa mère –, les femmes sensuelles voyaient en lui une forme de brutalité et trouvaient cela fascinant, tandis que les plus réservées, au contraire, n'appréciaient guère ce supposé trait de caractère. En vérité, il avait quitté l'univers des motards lorsqu'il s'était éloigné de son père, aussi violent qu'eux. Désormais, il rejetait toute forme de violence. Meurtri par son enfance malheureuse, il avait coupé les ponts avec tout le monde sauf avec sa mère et versait des millions à des associations de réinsertion pour enfants délinquants. Aussi détestait-il qu'on le regarde de haut.

La main sur la hanche, il redressa les épaules et précisa :

— Ex-beau-frère. Mon épouse est décédée il y a cinq ans…

Une lueur de compassion traversa le regard de Jacquelyn.

— Je suis navrée. Je n'ai jamais connu votre épouse, mais mon père parlait souvent de Maria. Et de vous.

Vraiment ? songea Nikos, se représentant ses grands yeux bleus écarquillés devant un des hauts faits de Maria rapportés par les médias. D'ailleurs, vu l'expression de son visage, elle devait se remémorer quelque chose de ce genre.

— Merci, j'apprécie vos paroles bienveillantes et je suis enchanté de faire votre connaissance. Attendez-vous une récompense, ce soir ?

En la voyant baisser brièvement les yeux et s'empourprer, il eut la réponse à sa question et se souvint de ce que lui avait dit Martin un peu plus tôt. Était-ce la jeune femme qui était si mauvaise en affaires ?

— Hélas, j'ai bien peur que non.

— C'est le tour de quelqu'un d'autre, cette année. Mais Ariana a gagné de nombreux prix dans le passé, n'est-ce pas, Jacquelyn ? souligna Martin.

— Oh oui, plusieurs. Nous avons gagné le Prix de la plus belle robe de mariée de l'année et avons très souvent fini en deuxième position.

— C'est une belle réussite, assura Nikos. Et est-ce une de vos créations ?

Malgré le regard dédaigneux de la jeune femme, il recula pour mieux jauger sa tenue.

Il avait un œil averti. Il était après tout un géant de la grande distribution. Créé sous son égide et ayant connu un développement des plus spectaculaires ces dernières années, House était le grand magasin chic par excellence, et sa clientèle était essentiellement féminine. Il était donc parfaitement en droit de poser un regard critique sur la coupe très sexy de sa robe, même si elle faisait de son mieux pour se protéger derrière les mouvements saccadés de ses longs bras fins, dans un langage du corps peu subtil.

Puis elle regarda par-dessus son épaule, cherchant manifestement quelqu'un de plus intéressant à qui parler. Ne se rendait-elle pas compte qu'en agissant ainsi elle éveillait encore plus son attention ?

— Excusez-moi, avez-vous dit qu'il s'agissait d'une de vos créations ? répéta-t-il avec calme.

Elle tourna vers lui un regard irrité, qu'il trouva séduisant.

— Non, mais il s'agit d'une création originale.

— N'est-ce pas la fameuse coupe des Jones ? intervint Martin, au grand dam de Nikos.

— Oui, confirma-t-elle en s'écartant dc la table. Pourrais-je vous dire un mot, Martin ?

Elle voulait clairement l'exclure de la conversation, comprit Nikos.

— Un peu plus tard dans la soirée, cela vous irait ? reprit-elle.

La musique commença à jouer et les invités retournèrent à leur place, les laissant tous les trois. Comme Martin allait répondre à la jeune femme, Nikos leva un sourcil pour lui rappeler qu'il avait déjà un engagement. Avec lui.

— Ce soir ? Oh ! je ne sais pas trop. Ce n'est pas le moment idéal.

— Je vous en prie, Martin. Je dois vous parler de quelque chose, insista Jacquelyn.

Elle avait l'air paniqué, remarqua Nikos avec un petit pincement au cœur. Mais il avait déjà assez de sujets d'inquiétude sans avoir à se préoccuper d'une jeune Anglaise un peu guindée, si attirante soit-elle.

— Cela risque d'être compliqué. Nikos est mon invité ce soir.

Elle se tourna vers lui et le dévisagea froidement, comme s'il était responsable de l'état délétère de sa société.

— C'est bientôt l'heure de la remise des prix. À plus tard, chérie, conclut Martin en lui faisant un clin d'œil.

Jacquelyn retourna d'un pas raide à sa table et s'efforça de s'asseoir avec grâce.

Avait-elle déjà ruiné ses chances ? Saisissant son verre, elle rejoua la scène dans sa tête. Martin s'était certes montré amical, mais avait été totalement éclipsé par Nikos Karellis. Et cela n'avait rien de surprenant. L'homme était déroutant. Elle n'avait jamais rencontré quelqu'un d'aussi… *intense*. Si physique. Il l'avait mise mal à l'aise.

Lorsque l'orchestre commença à jouer, elle lui jeta un bref coup d'œil et vit qu'il l'observait. Aussitôt, elle détourna le regard. Peut-être croyait-il qu'elle s'était rendue à sa table pour faire sa connaissance ? Il pensait sans doute que toutes les femmes étaient amoureuses de lui. Comme il se trompait ! Jamais elle ne tomberait amoureuse d'un homme comme lui. De plus, elle avait une mission, ce soir – mission qui n'avait rien à voir avec l'amour.

Elle se tourna vers lui pour le lui signifier avec les yeux, mais il était en grande conversation avec sa voisine de table. La tête penchée, il semblait écouter avec attention ce que cette femme disait. Lorsqu'il lui adressa un sourire éclatant, elle jeta la tête en arrière et éclata d'un rire sensuel.

De plus en plus découragée, Jacquelyn se mit à chercher Tim du regard. Elle le repéra au fond de la salle, et nota son front dégarni et son visage autrefois séduisant un peu bouffi. Il aurait pu être son mari. Ils seraient assis ensemble ce soir dans l'attente de leurs récompenses et s'émerveilleraient de l'attirance que Nikos Karellis exerçait sur les gens. Il n'y avait pas si longtemps, tout autre avenir aurait été impensable, songea-t-elle.

Mais, curieusement, elle ne se sentait pas mélancolique. Et elle ne tenait pas Tim responsable des soucis financiers d'Ariana. Elle seule l'était. C'était étonnant comme une crise pouvait remettre tout en perspective. Car il s'agissait bien d'une crise. Elle avait beau minimiser les faits, surtout avec ses parents, elle se trouvait confrontée à un problème majeur.

Incapable de manger son dessert, elle repoussa son assiette. Elle ne pensait qu'aux minutes qui s'écoulaient sans pouvoir parler à Martin.

Puis on débarrassa, et les animateurs, deux présentateurs de la télévision connus pour leur émission matinale, montèrent sur scène. La cérémonie pouvait commencer.

Elle assista à la remise des prix – une suite sans fin d'annonces et d'applaudissements – récompensant les efforts du meilleur fleuriste, du meilleur accessoiriste, du meilleur pâtissier… Lorsqu'on énonça les noms des photographes sélectionnés, elle se prépara mentalement.

Soudain, l'image de la meilleure photographie s'afficha à l'écran. Un couple de jeunes mariés à cheval. C'était forcément une photo de Tim. Il adorait monter, et utilisait l'équitation comme base pour son travail.

Le présentateur l'appela à le rejoindre, et Jacquelyn joignit ses applaudissements à ceux des autres spectateurs. Même si certains invités n'étaient pas au courant de la façon dont Tim s'était comporté avec elle, elle n'allait pas perdre la face en se comportant de façon puérile.

Elle se força à le regarder accepter sa récompense et comprit alors qu'il n'était rien d'autre qu'un souvenir pour elle – le souvenir d'un homme qu'elle avait jadis aimé.

La dernière récompense était la Meilleure Robe de mariée, et Nikos Karellis s'avança vers la scène.

— Il était son coach de tennis, murmura sa voisine.

— Oh ! il peut me coacher dans tous les domaines qu'il veut ! gloussa une autre femme.

Jacquelyn se retint de lever les yeux au ciel, mais ne put s'empêcher d'observer Nikos de plus près. Il était en tout point parfait, devait-elle reconnaître. Soudain, elle sentit une douce chaleur au creux de son ventre tandis qu'elle se trémoussait sur son siège. Elle jeta un coup d'œil autour d'elle pour voir si quelqu'un avait remarqué son trouble, mais les gens avaient le regard tourné vers la scène.

Les finalistes furent appelés. La robe sélectionnée s'afficha sur l'écran. Le visage radieux, la jeune styliste, une jolie brune, s'avança. Nikos lui tendit son trophée, l'embrassa chaleureusement et la serra dans ses bras.

La chanceuse, se dit Jacquelyn.

Elle n'avait pas été embrassée depuis plus de trois ans que Tim et elle s'étaient séparés. Elle n'était pas particulièrement sensuelle, mais elle appréciait la tendresse, comme tout le monde. Elle aimait être tenue serrée, sentir une main dans ses cheveux et s'abandonner à l'intimité qui faisait tout le sel d'une relation amoureuse. Une vague de nostalgie la submergea. Était-elle vouée au célibat pour le restant de ses jours ou aurait-elle la chance de rencontrer quelqu'un d'autre ?

Elle balaya la pièce du regard. Elle n'était peut-être pas la plus jeune ici, mais elle était certainement la seule vierge. Elle se demanda si quelqu'un le savait. À certains moments, elle avait l'impression que c'était écrit sur son front. Les mois qui avaient suivi le départ de Tim, elle s'était torturée en pensant qu'elle avait eu tort de suivre aveuglément les préceptes de *nonna*. Elle avait même *failli* courir après Tim pour lui dire qu'elle avait changé d'avis. Mais il était parti. Et en fin de compte, elle en était heureuse.

La cérémonie était terminée et les lumières se

rallumèrent. Le public applaudissait et certains invités commençaient déjà à se lever. Jacquelyn se retourna pour voir si Martin était toujours là, mais il avait disparu.

Elle, jeta sa serviette sur la table et repoussa sa chaise. Tout le monde se dirigeait vers le bar, mais où donc était passé Martin ?

La panique la saisit. Et si elle le perdait de vue ? Et s'il disparaissait et qu'elle ne le retrouvait pas ?

Puis elle le vit, qui partait dans la direction opposée. Elle se précipita vers lui, manquant de trébucher tant elle craignait de le perdre de vue. Mais soudain, sorti de nulle part, Tim se posta devant elle.

— Jacquelyn, attends ! l'interpella-t-il en posant la main sur son bras.

Elle se tourna vers lui sans comprendre.

L'époque où elle aurait tout donné pour le voir, pour respirer le même air que lui, était bien révolue. Maintenant, elle ne ressentait plus que de l'embarras en sa présence. De plus, ce soir, il l'empêchait d'accéder à la seule personne qui l'intéressait.

— Je n'ai rien à te dire, rétorqua-t-elle en se libérant de son étreinte.

Le visage de Tim qu'elle avait autrefois trouvé si beau se tordit de dépit.

— Je sais que ce n'est pas le bon moment, insista-t-il en saisissant à nouveau son bras, mais il faut que tu saches que je suis désolé de la façon dont je t'ai traitée. Mais j'ai changé, je suis passé à autre chose…

— Je m'en moque.

Fort heureusement, personne ne semblait s'intéresser à eux. Mais il était devant elle, lui masquant la vue sur la porte où Martin avait disparu.

— Je pensais pouvoir le faire, mais ce que tu voulais n'était pas naturel, Jacquelyn. Je suis un homme. J'ai des besoins et tu ne voulais pas m'écouter.

— Nous avions fait une promesse ! Pas une fois tu ne m'as parlé de tes difficultés. Tu as préféré disparaître, lâcha-t-elle d'un ton méprisant. Laisse-moi passer, maintenant, je suis pressée.

— *Tu* as fait cette promesse pour nous deux. Mais ton petit numéro de martyre ne sert à rien, tu sais. « Se préserver pour le mariage » est totalement dépassé.

— Oh ! fiche-moi la paix ! Je me moque de ce que tu penses.

Elle voulut s'éclipser, mais un homme bloquait le passage.

— Tout va bien ici ? demanda une voix profonde à l'accent australien prononcé.

— Je cherche Martin. Est-il encore là ? Je dois le voir.

Un sourcil relevé, Nikos dardait sur elle un regard inquiet.

— Oui, il est là, répondit-il. Cet homme vous importune-t-il ? ajouta-t-il en se tournant vers Tim, le dominant de toute sa hauteur.

Il irradiait la virilité et le pouvoir.

Tim blêmit et fit un pas en arrière.

— Écoutez… Je suis un ami de Jacquelyn et j'essaye d'avoir une conversation avec elle.

Jacquelyn ne put s'empêcher de les comparer. Tim semblait petit et enrobé à côté de cet homme au physique d'athlète. Que diable avait-elle vu en lui ? Elle avait gaspillé tant de temps et de larmes, et elle en était réduite désormais à quémander l'aide d'un homme riche, alors qu'elle aurait dû être au sommet de sa gloire.

Désespérée, elle ferma les yeux. Comment avait-elle pu se fourvoyer à ce point ?

— Si tu es venu me trouver ce soir, Tim, c'est pour te montrer en ma compagnie, pour que tout le monde voie que je t'ai pardonné. Eh bien, ce n'est pas le cas. Tu t'es conduit de façon déplorable. Alors, je te conseille d'emporter avec toi tes minables excuses et ton prix, et de me laisser tranquille !

Elle se tourna vers Nikos et vit qu'il avait les yeux écarquillés. Elle l'avait choqué, lui aussi.

— Je veux voir Martin, maintenant. Où est-il ?

Un sourire ourla soudain les lèvres de Nikos, qui fit un pas de côté.

— Suivez-moi. Je vais vous conduire à lui.

3.

La suite de Martin se trouvait au bout d'un long couloir recouvert d'une moquette épaisse. Ils marchèrent en silence jusqu'à la double porte ouvragée.

Nikos eut la délicatesse de ne pas prononcer un mot, mais il retournait la conversation qu'il venait d'entendre dans sa tête. Quoi que cet homme ait pu faire, rompre une promesse semblait être le moins important de ses délits. Quant à accuser Jacquelyn de jouer les martyres... Nikos en avait rencontré plusieurs, et elles étaient en général tout à fait inoffensives.

Maria, elle, n'avait jamais joué les martyres. Elle prenait ce qu'elle voulait et ce que les autres voulaient aussi...

— Vous allez bien ? s'enquit-il, la main posée sur la poignée de la porte.

Jacquelyn leva vers lui un regard empreint de souffrance.

— Je vais très bien, répondit-elle. Merci.

Hochant la tête, Nikos ouvrit la porte et l'invita à entrer.

— J'ai trouvé ton amie Jacquelyn. Elle veut te parler ! lança-t-il.

Martin leva les yeux. Il était assis devant la cheminée, dont l'âtre contenait un immense bouquet de fleurs.

— Bien sûr. Si cela ne te dérange pas, Nikos.

Nikos regarda Jacquelyn passer devant lui et s'asseoir sur le canapé, en face de Martin. Le dos raide, elle lui lança un regard qui aurait pu passer pour un remerciement, mais aussi pour un congédiement.

— Non, bien sûr. Je dois écouter mes messages. Je serai de retour dans cinq minutes. Ce sera suffisant, penses-tu ?

Martin hocha la tête, mais Jacquelyn ne broncha pas.

Refermant la porte derrière lui, Nikos regagna sa suite. C'était une force de la nature, cette femme. La Reine des glaces, mais la façon dont elle avait remis cet homme à sa place était impressionnante. Et si elle parlait ainsi à Martin, il n'avait aucune chance. Peut-être ce dernier s'était-il montré trop dur envers elle ? Ellc était manifestement passionnée par sa société – un bon point pour elle, devait-il reconnaître.

Il saisit son téléphone portable et vérifia ses messages, fronçant les sourcils lorsqu'il vit qu'il en avait encore reçu un de son comptable, Mark, à propos de l'enquête sur les actifs manquants de Maria. Il ferait mieux d'obtenir des réponses de Martin, car cette histoire devenait impossible à maîtriser.

Revenant sur ses pas, il s'arrêta devant la suite de Martin. Íl entendit la voix profonde de son ami, mais Jacquelyn semblait silencieuse. Sans plus attendre, il frappa et entra.

— Tout est réglé ?

— Nikos ! s'écria Martin. Tu arrives à point nommé.

Debout devant Jacquelyn, Martin lui adressait un regard implorant et Jacquelyn le regardait avec… espoir ?

— Je disais justement à Jacquelyn que je prenais ma retraite. Elle cherche un investisseur et j'essayais de trouver quelqu'un d'autre qui puisse l'aider. Je ne sais pas si je te l'ai dit, mais sa boutique, Ariana, ne date pas d'hier. Ils auraient sans doute besoin de se moderniser un peu, n'est-ce pas, Jacquelyn ? Donc, peut-être que toi ou tes nombreux contacts correspondriez mieux à ce qu'elle recherche ?

Nikos secoua la tête.

— Je ne cherche pas à investir, Martin. Je suis ici pour régler un problème. Pendant la cérémonie de remise de prix, j'ai reçu d'autres messages, ajouta-t-il en lui montrant son téléphone.

— Je ne vous prendrai pas beaucoup de temps, monsieur Karellis, c'est promis, coupa Jacquelyn. Cinq minutes, dix au maximum. Ma société a tant à offrir et nous avons de grands projets. Nous avons juste besoin d'une bouffée d'air frais.

Nikos hocha la tête.

— C'est d'accord, mais *seulement* si nous tirons cette affaire au clair, dit-il à Martin, avant de se tourner vers Jacquelyn. Attendez-moi au bar ; j'enverrai quelqu'un vous chercher.

Elle lui prit la main.

— Merci, murmura-t-elle. Vous ne le regretterez pas.

Il hocha la tête, mais la sensation de ses mains dans la sienne était douce et il fut heureux de prolonger cet instant. Quand elle lui rendit son sourire, son regard s'illumina et tout son visage s'éclaira. Le visage d'un ange.

L'instant d'après, elle se dirigeait vers la porte, laissant dans son sillage un parfum exquis.

— Que diable se passe-t-il, Martin ? dit Nikos en refermant la porte derrière elle. Tu sais bien que je suis soumis à des pressions en ce moment.

— Tu aurais pu dire non, riposta Martin.

— N'importe quoi. Tu m'as piégé. Personne n'aurait pu lui refuser un entretien.

— Elle est impressionnante, n'est-ce pas ?

— Certes, mais es-tu conscient que je ne ferai que lui dire ses quatre vérités ? Je ne veux me mêler de rien, et surtout pas avec une femme qui n'a qu'à siffler pour avoir tous les hommes à ses pieds.

— Elle n'est pas du tout comme ça. Elle vient d'une bonne famille.

— Cela ne veut rien dire. Quoi qu'il en soit, parlons de notre affaire. Que se passe-t-il ? Pourquoi cette bataille juridique avec tes avocats ? Qu'essayes-tu donc de prouver ?

Martin tournait le dos à la cheminée, et le haut de sa tête grisonnante se reflétait dans le miroir derrière lui. Le visage blême, il fronça les sourcils et se tordit les mains, clairement agité.

— Je n'essaye pas de prouver quoi que ce soit, mais j'ai le dos au mur. Je sais juste que Maria avait fait des placements. Elle était impliquée dans quelque chose d'illégal…

Nikos hocha la tête. Rien d'étonnant jusque-là…

— Je vois. Avons-nous la moindre idée de ce que c'était ?

— Pas vraiment. Elle ne s'est jamais confiée à moi… À part le message confus qu'elle a laissé la nuit de sa mort.

Nikos se détourna. La nuit de sa mort… La pire nuit de sa vie. Lorsqu'il était arrivé à sa villa en Grèce, il avait surpris sa femme nu dans le jacuzzi, avec son père. Cette nuit où sa dépendance à la drogue, conjuguée aux talents de dealer de son père, avait connu une issue fatale. Cette nuit où Nikos était parti sans un regard en arrière, même quand elle lui avait couru après en hurlant.

Non, il ne voulait plus jamais penser à cette nuit-là, mais il n'avait manifestement pas le choix.

— Cette histoire de drogue ? Nous savons tous les deux qu'elle l'a achetée à mon père.

— Il y a autre chose. Je crois que ton père est derrière ses autres investissements. En tout cas, c'est ce qu'il prétend…

Nikos releva la tête.

— Comment ça ?

— J'ai eu des… contacts avec lui.

La pâleur et la nervosité de Martin prenaient soudain tout leur sens. Communiquer avec Arthur n'avait rien de plaisant et Nikos avait évité toute relation avec son père depuis près de vingt ans. Il bloquait ses appels et ses mails, et chacun de ses agents de sécurité connaissait son visage. Il avait quitté l'Australie pour le fuir, et il était hors de question de le laisser revenir dans sa vie.

— Très bien, dit-il dans un soupir. Que veut-il ?

Martin se racla la gorge.

— Il veut quarante millions de dollars. Il dit que cette nuit-là, Maria et lui ont fait moitié-moitié sur un placement aux îles Caïmans. Il aurait transféré cinq millions de dollars, et puis… Eh bien, tu connais la suite.

— Tu ne crois pas vraiment à son histoire, n'est-ce pas ?

Martin se retourna et posa les mains sur la cheminée.

— À vrai dire, je ne sais plus quoi penser. Il prétend lui avoir donné l'argent afin qu'elle l'investisse dans une société et que cette société a depuis quadruplé de valeur. Selon lui, quarante millions de dollars lui seraient dus.

— *Pardon ?*

— Par toi, car tu es l'ayant droit de Maria. Et si tu ne veux pas payer… cela retombe sur moi.

— Il est fou ! s'écria Nikos. Lui as-tu dit qu'elle n'avait rien laissé à part des dettes ? Tout ce que j'ai, c'est ce que j'ai moi-même bâti et je n'ai pas quarante millions à ma disposition, crois-moi. Quelles preuves a-t-il à avancer ?

Martin haussa les épaules.

— Je n'en sais pas plus. Mais j'imagine que tu le découvriras d'une manière ou d'une autre.

Nikos éclata de rire et se dirigea vers la porte.

— Je ne lui donnerais pas même un centime, alors encore moins quarante millions de dollars. Après ce qu'il a fait ?

— C'est tout ce que tu as à dire ? demanda Martin.

— Qu'y a-t-il d'autre à dire ? Mon père est un escroc de bas étage et, s'il croit que son petit chantage va m'attendrir, il se trompe lourdement !

Là-dessus, il ouvrit la porte et la referma derrière lui. Le corps tendu à se rompre, il resta longtemps immobile dans le couloir cossu. Il devait se calmer et prendre sur lui s'il voulait résoudre cette affaire. Cela ne le surprenait qu'à moitié que son père ait mis le feu aux poudres. Tout ce qu'il touchait se transformait en poison. Il y avait sûrement une part de vérité dans cette histoire rocambolesque, mais il comptait toutefois s'en assurer. Il retournerait à la villa et fouillerait la chambre forte. Le seul endroit qu'il avait évité durant des années était peut-être celui où il trouverait ce qu'il cherchait.

Il téléphona à son comptable.

— Mark, je veux que tu vérifies les comptes de Maria. Je cherche un placement qu'elle aurait fait dans une entreprise domiciliée aux îles Caïmans – un virement qu'elle aura sans doute enfoui, donc difficile à trouver. Je n'en sais pas plus, mais c'est ce qui pourrait bien être à l'origine de l'enquête de la police et des lettres des avocats de Martin Lopez.

Il raccrocha au moment où un serveur passait devant lui avec un plateau chargé de boissons. La soirée battait encore son plein, mais Nikos n'était pas d'humeur à s'amuser. Il avait besoin de silence. Et de repos. Il subissait le contrecoup du décalage horaire et il n'y avait pas assez de whisky dans tout l'hôtel pour l'assommer. Une douche brûlante et une bonne nuit de sommeil feraient l'affaire.

Il poussa la porte de sa suite, se déshabilla à la hâte,

puis entra dans la douche et laissa l'eau couler à flots sur sa tête, son dos et ses jambes. Il devait à tout prix se calmer.

Il songea à sa mère, dans sa maison de retraite, à son doux sourire sur la photo d'eux prise à la plage, puis à son regard vide qui l'avait fixé la veille. Tout ce qu'il faisait, c'était pour elle. Il voulait qu'elle soit fière de lui et que sa souffrance n'ait pas été pour rien. Pas question de se laisser abattre. Il ne laisserait pas son père le ruiner ni nuire à sa réputation. Il allait lutter jusqu'au bout !

Il sortit de la douche et se sécha. Soudain, il entendit un bruit, entrouvrit la porte de la salle de bains et tendit l'oreille. Quelqu'un tambourinait à la porte. Était-ce Martin ?

Il traversa la chambre, saisissant au passage son pantalon, puis ouvrit. Ce n'était pas Martin. C'était la blonde…

— Ah, dit-il, l'air confus. Désolé, je vous avais oubliée.

Les yeux écarquillés, elle le détaillait de la tête aux pieds.

— Je ne voulais pas vous déranger, mais il se faisait tard, souffla-t-elle. Je vais vous attendre au bar.

— Quelle heure est-il ? dit-il, réprimant son impatience.

— Je ne sais pas. Mon portable est déchargé.

— Et je ne porte pas de montre, dit-il avec un rire bref.

Elle rougit. Elle était très jolie quand elle rougissait. Non, elle était très jolie tout court. Il aurait bien volontiers passé un peu de temps avec elle. Ce serait toujours mieux que de boire du whisky.

— Entrez. Je vais m'habiller. Nous pouvons bavarder maintenant.

Il ouvrit en grand la porte et retourna à l'intérieur, jetant au passage son pantalon sur le dos d'une chaise.

— Si cela ne vous ennuie pas, je préfère…

Surpris, il fit volte-face, mais elle fixait ses pieds, les mains jointes devant elle.

— J'adorerais m'entretenir avec vous, mais ce ne serait pas convenable que j'entre dans votre chambre alors que vous n'êtes pas habillé.

Il marcha vers la penderie et en extirpa un peignoir blanc qu'il enfila prestement.

— Comme vous voudrez.

Elle releva la tête. Un peu plus loin dans le couloir, une porte s'ouvrit et des voix se firent entendre. Des soirées privées avaient probablement lieu dans tout l'hôtel et elle était trop prude pour oser entrer dans une chambre ?

— J'espère que vous comprenez, insista-t-elle en reculant d'un pas. Je veux juste parler affaires.

Il faillit éclater de rire mais, quand il vit qu'elle ne souriait pas, il comprit qu'elle était sérieuse. Ça alors ! Elle voulait s'entretenir avec lui, mais à certaines conditions. Et ces conditions étaient pour le moins… rafraîchissantes.

— Pas de soucis, mais je ne serai pas ici bien longtemps.

— Je pourrais peut-être vous rencontrer demain matin avant votre départ ?

Sûrement pas, songea-t-il. Il devait quitter l'hôtel au plus tard à 9 h 30, et l'idée de rajouter un rendez-vous à son emploi du temps déjà surchargé ne l'enchantait pas. Mais elle avait l'air si jeune et si pleine d'espoir qu'il ne se sentait pas le courage de la décevoir.

Il hocha la tête.

— Très bien. Venez à 9 heures pour le petit déjeuner.

La joie qui apparut sur son visage le fit se sentir étonnamment bien. L'espace d'une seconde.

— Merci beaucoup. Je vous promets de ne pas vous faire perdre votre temps.

— Nous verrons. Bonne nuit.

4.

Après une nuit sans sommeil, Jacquelyn était anxieuse. Courant dans tous les sens, elle s'efforçait de remettre de l'ordre dans son studio. Elle était exténuée mais se préparait à rencontrer Nikos Karellis et, pour la première fois depuis une éternité, elle reprenait espoir, se sentait optimiste et même… heureuse ?

Ce n'était pas l'objectif qu'elle s'était fixé au départ mais, finalement, c'était encore mieux. Ces quelques brèves entrevues avec Nikos Karellis avaient éveillé en elle une soif qu'elle n'avait jamais ressentie auparavant. Quelque chose de lui avait déteint sur elle, lui donnant envie de faire partie de son monde. Dès qu'elle avait refermé la porte de sa suite, elle avait été incapable de chasser son visage de son esprit.

Qui essayes-tu de tromper ? Tu l'as vu à moitié nu et tu es aussi attirée par lui que toutes les autres femmes. La seule différence est que tu as eu peur de franchir la porte et de voir où cela t'aurait menée. Mais tu aurais pu…

Non. Son envie de le rencontrer n'avait rien à voir avec une quelconque attirance. Cela ne lui viendrait même pas à l'esprit d'avoir une réunion de travail dans sa suite. Il était question d'Ariana et il était impératif que cette réunion se passe au mieux.

Elle s'était tournée et retournée dans son lit pendant des

heures sans arriver à trouver le sommeil et s'était levée à 3 heures du matin pour se mettre au travail. À 6 heures, elle avait reformulé sa stratégie, créé quatre profils de clients types et esquissé une analyse coût et bénéfice. Puis, pour faire bonne mesure, elle avait ajouté quelques chiffres. Il ne s'agissait bien sûr que de spéculations et elle était peut-être très éloignée de la réalité, mais cela montrait qu'elle avait bien fait son travail.

En revanche, elle n'avait toujours pas finalisé ses croquis. Mais cela viendrait. Et au pire, elle pourrait embaucher un styliste – quelqu'un qui saurait capter l'essence même d'une mariée Ariana…

Elle répéta à haute voix sa présentation pendant qu'elle se versait sa quatrième tasse de café et l'emportait dans sa chambre pour se préparer. Elle montrerait à Nikos Karellis ce dont elle était capable. Elle n'était pas une écervelée, mais le cœur et l'âme de son entreprise, et grâce à son apport financier, il pourrait faire d'Ariana un formidable atout pour son portefeuille. Mais avant tout, elle devait s'occuper de son apparence. L'horloge indiquait 7 heures. Il lui restait un peu moins de deux heures pour s'apprêter. Elle avait le temps de se faire un masque régénérant et de s'appliquer une crème vivifiante. Puis elle mettrait du fond de teint et une touche de rouge à lèvres.

Elle entendit soudain quelqu'un frapper à la porte et elle jeta un coup d'œil par la fenêtre. Une immense voiture noire était garée dans l'allée. Barbara… Elle était sûrement « en route pour la gym », autrement dit, avide d'entendre et de transmettre les derniers potins. Elle était déjà probablement au courant de son petit déjeuner de travail avec Nikos.

— Bonjour, Barbara, dit-elle d'un ton faussement enjoué en déverrouillant la porte. Vous venez tôt, ce matin.

— Bonjour, Jacquelyn.

Nikos !

Il était très séduisant avec sa chemise blanche et son jean foncé, mais il la regardait avec une telle intensité qu'elle fit un pas en arrière. Horrifiée, elle secoua la tête. Elle n'était ni coiffée ni maquillée, et ne portait qu'un minuscule caraco et un short de pyjama.

— Que faites-vous ici ? Je croyais que nous avions rendez-vous à Maybury Hall à 9 heures. N'est-ce pas ce que nous étions convenus ? J'espère ne pas m'être trompée.

— Non, c'est moi qui suis en avance, dit-il avec un rire bref. Je suis en route pour l'aéroport. J'ai un imprévu et je dois rentrer plus tôt.

Elle le dévisagea, désemparée.

— Pouvons-nous reporter notre rendez-vous ?

Comme il ne répondait pas, elle murmura :

— Oh ! je vois…

Devant l'air surpris de Nikos, elle sut qu'elle n'avait pas réussi à cacher sa déception. Mais le coup était dur. Il était son seul espoir.

— Je suis désolée. Je sais que vous êtes un homme très occupé. J'espère que tout va bien.

— Tout *ira* bien, merci. Mais… Mon assistante vous contactera dans quelques jours pour fixer avec vous une autre date…

Elle retint un gémissement.

Quand ? aurait-elle voulu dire. Parce que, dans six jours, elle pourrait bien avoir déposé le bilan…

— Oh ! ce serait fantastique. Si vous avez le temps.

— Bien sûr. Ce sera avec plaisir.

Il sembla hésiter quand elle lui tendit la main et lui sourit.

— En tout cas, merci. J'ai été ravie de vous rencontrer hier soir et je vous suis très reconnaissante de m'avoir accordé du temps. Je sais que vous êtes très occupé.

Il détourna la tête.

— Je suis un homme de parole, Jacquelyn. Je vous ai dit que j'écouterais votre présentation et je le ferai.

Mais sa déception était si forte qu'elle n'entendait plus rien. C'était sans doute dû à la fatigue, à son manque de sommeil et à la tension accumulée.

— Ne vous inquiétez pas pour ça, dit-elle en soupirant.

— Écoutez, je me rends en Grèce. Pourquoi ne prendriez-vous pas l'avion avec moi ? Vous pourriez ainsi faire votre présentation durant le vol. J'ai souvent des réunions pendant que je voyage et, si vous êtes d'accord avec ça, je serais heureux de vous rendre service.

Voyager avec lui à bord de son avion ? Seule ? Pour parler d'Ariana et de House ? Sa proposition était un peu folle, mais plus que tentante.

— Ce serait formidable, dit-elle, l'esprit en ébullition. Mais… Vous partez quand ?

— Je suis en route pour l'aéroport.

— Maintenant ?

Elle baissa à nouveau les yeux sur sa tenue légère, puis le dévisagea. Son expression s'était adoucie.

— Ne vous inquiétez pas. Je ne vous demande pas de venir en pyjama. Le vol dure quelques heures et, même si je vais être occupé un certain temps, vous aurez le temps de faire votre présentation. Sinon, vous pourriez m'accompagner à la villa et la faire dans l'après-midi. Vous prendriez le vol du retour dans la soirée pour être au travail dès demain matin. C'est le mieux que je puisse vous proposer.

— J'accepte, se hâta de dire Jacquelyn. Pouvez-vous m'accorder dix minutes ?

Il jeta un coup d'œil à sa montre.

— Cinq, répondit-il.

— Je reviens tout de suite.

Avec une énergie qu'elle ignorait posséder, Jacquelyn

se rua jusqu'à son studio et prit une douche en moins d'une minute. Elle brossa ses cheveux trempés et les tressa, puis passa sa robe d'été préférée. Pour finir, elle mit du rouge à lèvres, glissa un bracelet en or à son bras et enfila des sandalettes. Jamais elle ne s'était apprêtée aussi vite. Elle avait l'air un peu hagard, mais son léger bronzage et le bleu de sa robe faisait ressortir celui de ses yeux et l'embellissait.

Elle jeta une robe en jersey et des sous-vêtements dans son sac, au cas où, puis saisit son ordinateur portable, son portfolio de croquis, avant de balayer le studio du regard. Des tasses de café et des mouchoirs en papier traînaient un peu partout, mais elle les ignora et descendit dans la cour où l'attendait Nikos.

Emportée par son enthousiasme, elle lui adressa un sourire rayonnant, mais son expression inquiète la refroidit.

— Tout va bien ? s'enquit-elle en s'arrêtant net.

Il la dévisagea et, lentement, son expression s'éclaircit.

— Oui, répondit-il en glissant son portable dans sa poche. Vous êtes resplendissante, Jacquelyn.

— Euh… Merci.

Il sourit avant de lancer :

— En route pour la Grèce !

5.

Inviter Jacquelyn Jones par pitié n'était sûrement pas la meilleure décision qu'il ait prise. Après le deuxième coup de fil de Mark, il aurait dû suivre son instinct et envoyer un message à la jeune femme pour lui proposer un autre rendez-vous.

Comme il regrettait sa décision, à présent ! Il ne lui devait rien, mais il avait quand même accepté de la rencontrer... Ils n'avaient pas eu le temps de discuter pendant le vol, comme il s'en était douté, et il avait repoussé la réunion à l'après-midi, chaque minute passant renforçant l'enthousiasme de Jacquelyn et diminuant le sien.

Mais, dans un sens, son bavardage incessant et ses exclamations surexcitées devant le paysage qu'elle découvrait à travers la vitre de la voiture durant le trajet entre l'aéroport et la villa avaient été une bénédiction. Elle n'avait pas dû le voir détourner la tête lorsqu'ils s'étaient approchés du virage en épingle à cheveux qui surplombait l'oliveraie en contrebas, où la voiture de Maria avait fait une embardée tragique. Les traces de pneus étaient toujours visibles, deux grandes stries noires sur le macadam. Ils avaient ensuite traversé le village d'Agios Stephanos, resté le même que dans ses souvenirs – la boulangerie, la supérette, les vieillards qui les fixaient du regard et des chiens attachés à l'ombre et aboyant sur leur passage.

Il lui avait montré la minuscule vieille église blanche, accrochée à flanc de coteau et ternie par des siècles de soleil chaud et d'hivers venteux. Ses grands-parents s'étaient mariés là, tout comme ses arrière-grands-parents et arrière-arrière-grands-parents avant eux, mais il n'en souffla mot.

Plus loin, des panneaux défraîchis guidaient les touristes venus des quatre coins du monde, et un ruisseau coulait jusqu'à la mer aux eaux cristallines où il amarrait autrefois son bateau. C'était le seul endroit au monde où il s'était vraiment senti vivant… et seul.

Maria n'avait jamais aimé l'endroit – trop monotone à son goût – et il n'avait pas essayé de la faire changer d'avis, préférant de loin y venir seul. Occasionnellement, il avait reçu des clients qui étaient par la suite devenus des amis, mais il n'avait jamais encore invité quelqu'un chez lui pour faire une présentation.

Il se tenait maintenant debout dans la bibliothèque, une multitude de papiers étalés sur la table, devant lui. Il laissa son regard errer sur les jardins et les courts de tennis, jusqu'à la piscine où il avait demandé à Jacquelyn de l'attendre. Cela faisait plus d'une heure qu'elle patientait tandis qu'il fouillait dans les papiers de Maria, après avoir appelé plusieurs fois Mark.

Il finit par refermer la porte du coffre-fort, les mains serrées sur les dossiers qui prouvaient que Maria était propriétaire d'une société inscrite aux îles Caïmans. Il communiqua par visiophone avec Mark et son avocat et, ensemble, ils examinèrent page par page les documents. Maria semblait avoir acheté une société prête-nom qui avait cessé ses activités six mois plus tôt. Il n'y avait pas trace d'échange d'argent entre elle et son père, et pas trace de profit non plus. Par conséquent, il ne devait rien à son père, pas plus qu'à Martin ou au fisc.

Finalement, même Mark, d'ordinaire calme et imperturbable, poussa un soupir de soulagement.

— Nous ne sommes pas encore sortis d'affaire, mais nous sommes en bonne voie. C'est une excellente nouvelle.

Rassuré, Nikos hocha la tête. Son épouse l'avait dupé à bien des égards. Ce n'était pas vraiment une surprise, mais cela demeurait douloureux. Et qu'allait-il découvrir d'autre ?

— J'imagine que tu vas célébrer cette bonne nouvelle ?

— En fait, j'ai une réunion. Quelqu'un m'attend pour me vanter les mérites de son entreprise.

— Un dimanche ? Après ce que tu viens de vivre ?

— Ce n'est rien. Il s'agit d'une créatrice de robes de mariée sur mesure – pas très intéressant pour nous, a priori. Cela dit, je pense pouvoir lui donner quelques conseils.

— Excellent moyen pour se détendre après avoir frôlé le redressement fiscal et une tempête médiatique ! ironisa Mark.

Nikos soupira. Il était vidé émotionnellement et souffrait encore du décalage horaire. Mark avait raison. Il serait incapable d'écouter un mot de ce que Jacquelyn avait à lui dire.

— Au fait, j'ai doublé la sécurité, ajouta Mark. Il est préférable de se montrer prudent dans l'immédiat.

— Y a-t-il quelqu'un ici, en Grèce ?

— Pas depuis l'effraction. Tes changements de dernière minute nous ont pris par surprise, mais je peux t'envoyer deux ou trois types, si tu veux.

— Ce n'est pas la peine. Je rentre bientôt. Merci, conclut Nikos avant de raccrocher.

L'effraction d'il y a six mois l'avait certes quelque peu préoccupé, mais elle avait été l'œuvre d'un petit malfrat qui avait été dérangé avant d'avoir pu voler quoi que ce soit.

Il était heureux toutefois que Mark ait pensé à hausser la sécurité d'un cran. Il avait été inquiet de quitter Manhattan mais, ces jours-ci il était inquiet où qu'il aille. En partant de Maybury Hall, il avait eu l'impression étrange qu'une voiture le suivait et s'était arrêtée à Lower Linton, comme lui…

Sans doute devenait-il paranoïaque.

Il dévala les marches qui menaient à la piscine et aperçut Jacquelyn, assise sous un parasol à l'ombre, son ordinateur portable ouvert devant elle. Elle avait les sourcils froncés et ses lèvres bougeaient : elle s'entraînait pour sa présentation.

Seigneur ! Elle était prête à livrer bataille, alors qu'il ne pensait qu'à se détendre.

Arrivé en bas des marches, il ralentit le pas, cherchant ses mots. Comment lui faire comprendre qu'il avait besoin de se changer les idées, non pas de l'écouter lui exposer ses projets pour sauver son entreprise ?

Il passa devant le jacuzzi en l'ignorant et s'arrêta devant elle. Surprise, elle leva les yeux et posa la main sur sa poitrine en un geste touchant. Elle était très jolie avec sa simple petite robe d'été bleue, songea Nikos.

— Je suis désolée, je ne savais pas que vous étiez libre. Je vous aurais attendu à la maison si j'avais su.

— C'est moi qui devrais m'excuser. Je vous ai amenée jusqu'ici pour ensuite vous laisser seule tout l'après-midi. Est-ce que ça va ? Vous avez tout ce qu'il vous faut ?

— Oh oui ! assura-t-elle. J'ai passé un très agréable moment. L'endroit est magnifique. Vous avez de la chance.

Il regarda autour de lui et hocha la tête. La mer Égée était calme et d'un bleu profond. Derrière lui, des moineaux voltigeaient autour des buissons et des haies entourant la piscine. Le soleil commençait à baisser, illuminant le paysage d'une lumière douce, et l'eau claire de la piscine attirait irrésistiblement le regard. L'endroit était tout simplement paradisiaque.

Jacquelyn se leva et lissa sa robe, captant son regard.

— Où voulez-vous que je fasse ma présentation ? s'enquit-elle d'un ton enjoué. À l'intérieur ?

Mal à l'aise, il se passa la main dans les cheveux. Il ne voulait pas retourner dans la villa, ni s'asseoir et l'écouter parler. Il voulait être dehors, profiter du soleil et de la Grèce qu'il aimait tant. Il voulait une fois pour toutes effacer le souvenir de la mort de Maria. Et qui mieux qu'une jolie femme pour l'y aider ?

— Pour tout vous dire, ce qui me ferait plaisir serait de me détendre un peu. Cela fait des heures que je travaille et j'ai besoin de me changer les idées. Si nous remettions notre réunion à plus tard ?

Il grimaça tandis que les mots sortaient de sa bouche. Elle allait finir par croire qu'il la menait en bateau.

— Mais bien sûr… Je ne veux surtout pas vous déranger. Je me conformerai à vos plans. Vous avez déjà eu la bonté de m'inviter ici ; je suis ravie d'avoir cette chance.

Pourquoi ses propos l'irritaient-ils ? Il voulait qu'elle soit heureuse d'être ici parce qu'il était Nikos Karellis, l'homme, non pas le P-DG de House. D'un geste brusque, il remplit deux verres d'eau et lui en tendit un.

— Vous devriez cesser de vous excuser, si je peux me permettre. Si ce que vous avez à offrir en vaut la peine, les gens seront prêts à attendre pour l'obtenir.

— Merci pour le conseil, répondit-elle sèchement.

— Pas de quoi. Il vaut toujours mieux remercier quelqu'un de sa patience plutôt que de s'excuser pour son retard. Une personne dans votre position doit se montrer sûre d'elle.

— Personne ne s'est encore jamais plaint, protesta-t-elle en se redressant de toute sa hauteur.

Ce léger mouvement attira son attention sur ses courbes féminines, visibles sous le tissu tendu.

— J'en suis certain, dit-il avec un léger sourire.

Mais dans le silence qui s'ensuivit, la tension entre eux était palpable.

— On ne m'a jamais fait de reproches sur ma capacité à m'imposer, même si cela ne semble me mener nulle part – en affaires, en tout cas…

Il but son verre d'un trait, puis s'en servit un autre. Dans le calme de cet après-midi estival, les seuls sons perceptibles étaient le clapotement de l'eau et le chant des cigales. Le soleil tapait fort et la chaleur enveloppa son corps, soulageant ses épaules crispées.

— Peut-être ne vous adressez-vous pas aux bonnes personnes. Certains hommes se sentent menacés par les femmes sûres d'elles et autoritaires.

— Eh bien, je n'arrive pas à être autrement, dit-elle en marchant jusqu'au bord de la terrasse.

S'accoudant à la balustrade, elle fixa la mer d'un regard absent. La lumière du soleil faisait étinceler ses cheveux blonds et baignait ses épaules d'un halo doré tandis que sa robe ondulait au gré de la brise estivale.

— Soyez vous-même, conseilla-t-il.

Elle lui jeta un regard par-dessus son épaule.

— Avec tout le respect que je vous dois, c'est facile pour vous de dire ça. Vous n'avez pas besoin de trouver des fonds pour votre société. Vous avez tout ce dont vous avez besoin.

Tout ce dont il avait besoin ? Les gens croyaient que posséder de nombreux biens était le summum du bonheur. Comme ils se trompaient ! Il aurait voulu se réveiller le matin au son des oiseaux, se retourner dans son lit et serrer contre son cœur la femme qu'il aimait, et non pas trouver un espace froid et se demander où elle était, avec qui elle était et ce qu'elle faisait. Mais il doutait de trouver cette perle rare, si tant est qu'elle existât…

— Je suis désolée, reprit-elle. J'ai dépassé les bornes. Je n'aurais pas dû dire ça. Ce n'était pas professionnel. Je vous suis très reconnaissante pour la chance que vous m'offrez et je ne veux rien faire qui risquerait de la gâcher.

— Allons, Jacquelyn ! Accordez-vous un peu de répit. Peut-être devriez-vous essayer parfois d'être un peu moins *professionnelle*. Je disais juste que je serais heureux de profiter de votre compagnie pendant quelques heures. Nous pourrions ainsi apprendre à nous connaître un peu mieux.

Elle était très gênée. Il le voyait à son expression tendue et à la façon dont elle se tordait nerveusement les mains. D'un pas vif, elle s'approcha de la table où se trouvait son ordinateur et le déplaça pour le mettre à l'abri du soleil, puis elle abaissa le couvercle.

— Eh bien, l'idée de passer du temps ici… Qui refuserait une telle offre ? L'endroit est magnifique et je n'ai pas pris de vacances depuis quatre ans, mais…

— Parce qu'il y a un « mais » ?

— Mais puis-je avoir votre parole que vous écouterez ma présentation ensuite ?

— Bien entendu. Quoi qu'il arrive, vous aurez l'occasion de me présenter votre société. Mais, là, je veux juste me promener, me baigner et dîner tôt. Vous pourriez rester ici ce soir – ce n'est pas l'espace qui manque, ajouta-t-il précipitamment. Vous serez en pleine forme demain matin. Vous pourrez faire votre présentation à 9 heures et le jet sera prêt à partir pour 10 h 30. Je rentre à New York demain via Londres. Je pense que cela pourrait marcher, non ?

— Passer la nuit ici ? Je ne crois pas, non. Je ne l'ai pas prévu.

— Je ne l'avais pas prévu non plus, admit-il. C'est la première fois que je reviens ici depuis longtemps. Je pensais que ce serait une épreuve pour moi et que je voudrais repartir à la minute où j'avais trouvé ce que je cherchais, mais je me suis trompé. Je veux profiter de l'endroit, me détendre.

Il enveloppa du regard la terrasse, la piscine, les buissons fleuris, et même le jacuzzi qui miroitait dans la chaleur torride. Les oliveraies sur les collines et les chèvres qui vivaient en totale liberté. C'était chez lui ici et il réalisait seulement maintenant à quel point tout cela lui avait manqué.

— Allons, si vous ne le faites pas pour moi, faites-le au moins pour le personnel de cuisine qui s'efforce de nous concocter un bon dîner. Vous ne pouvez pas les décevoir.

— Ce n'est pas juste. C'est du chantage ! protesta-t-elle, mais un léger sourire ourlait ses lèvres.

— Je n'ai jamais dit que c'était juste. Mais si vous voulez avoir leur déception sur la conscience…

— C'est d'accord, je reste. À condition que je puisse me coucher tôt…

— Bien entendu. Marché conclu ? demanda-t-il en riant et en lui tendant la main.

— Marché conclu.

Lorsqu'elle glissa sa main dans la sienne et le dévisagea de ses grands yeux bleus, il comprit qu'un feu couvait en elle et qu'il n'aimerait rien tant que de le raviver.

6.

Le bel après-midi touchait à sa fin et le ciel se parait d'un magnifique voile lilas mêlé de pourpre et de mauve.

Ses longs cheveux dénoués après sa douche, Jacquelyn enfila sa robe de jersey et sortit sur le balcon de sa chambre. Les mains agrippées à la balustrade, elle prit une profonde inspiration. Quelle journée ! Dès l'instant où l'avion avait atterri, elle était tombée amoureuse de ce lieu magique – des lumières, des senteurs, des sons et de chaque recoin de cette fabuleuse villa. Et passer le reste de l'après-midi à se promener dans les oliveraies ombragées, à visiter le légendaire puits d'Agamemnon et à s'asseoir sur la plage privée de Nikos avait été pour elle un moment ensorcelant.

Elle peinait à croire qu'elle était la même personne qui, la veille encore, s'était montrée si condescendante envers Nikos. Maintenant, son cœur battait plus vite et elle avait des papillons dans le ventre au souvenir de sa main dans la sienne, quand il l'avait aidée à descendre les marches en grès qui menaient à la plage.

Elle avait eu raison de ne pas se déshabiller pour se baigner, malgré son envie. Cela aurait été présomptueux de sa part. Elle avait donc gardé sa robe et sa dignité, et l'avait observé émerger de l'abri de piscine en maillot de bain et courir vers la mer. Il était vraiment très bel homme. Elle l'avait regardé depuis sa chaise longue, en admiration devant les muscles de son dos, ses mollets et ses cuisses fermes. La vue de son légendaire tatouage qui serpentait depuis son cou pour tracer son chemin entre ses omoplates, avait mis tous ses sens en émoi. Il avait fendu les flots, nageant vers le large, avant de revenir vers le rivage, la rendant ridiculement nerveuse lorsqu'il avait disparu quelques instants dans l'écume blanche.

Finalement, il était sorti de la mer et s'était avancé vers elle, tout en se frictionnant avec une serviette, et elle l'avait fixé, ensorcelée. Elle n'avait pas pu s'en empêcher, mais ce n'était pas grave, car elle n'avait fait que le regarder. Si elle ne faisait rien de plus, elle ne courait aucun danger.

Il éclipsait tous les hommes qu'elle avait rencontrés jusque-là. À présent, il allait et venait sur la terrasse en contrebas, tel un général passant ses troupes en revue. Dans le soir calme et silencieux, sa voix portait jusqu'à elle, passant du grec qu'elle avait du mal à reconnaître à l'italien, puis à l'anglais qu'il parlait avec un accent australien prononcé. Il était à la fois orateur, homme d'État et souverain.

Elle savait qu'elle aurait dû penser à sa présentation, mais elle n'arrivait pas à se concentrer. Et puis, si elle se couchait tôt, elle pourrait se lever à l'aube et retourner au travail.

— Hé, là-haut ! Juliette ! Vous descendez me rejoindre ? la héla-t-il soudain.

— Oui, Roméo. J'arrive ! répondit-elle en riant.

Elle posa ses doigts sur ses lèvres et s'apprêtait à lui envoyer un baiser quand elle suspendit son geste. À quoi pensait-elle ? Elle retira sa main et fit semblant de repousser une mèche de cheveux derrière les oreilles.

Mais à la lueur qui s'alluma dans son regard, elle comprit qu'il savait combien elle était attirée par lui. Elle ne pouvait le cacher. Bien sûr qu'elle était attirée par lui. Qui ne le serait pas ? La question était plutôt : qu'allait-elle faire à ce sujet ?

Tu ferais mieux de faire attention. Ce n'est pas le moment de tout gâcher...

Elle traversa la terrasse. Lorsque Nikos vint à sa rencontre, elle sentit son cœur bondir dans sa poitrine. Souriante, elle l'embrassa rapidement sur les deux joues, faisant de son mieux pour ignorer son odeur musquée et virile et la douce chaleur de sa peau.

— Vous êtes ravissante, lui dit-il. Cette teinte corail vous va bien et la coupe de votre robe est très jolie.

— Merci, répondit-elle tandis qu'il l'invitait à le suivre jusqu'à la table dressée sous la tonnelle de rosiers et éclairée par des petites bougies et une série de lampions.

— Vous avez faim ? s'enquit Nikos en prenant place à côté d'elle et l'observant avec attention.

— Oh oui ! mentit-elle en se servant avec parcimonie.

— Votre chambre vous convient-elle ?

— Oui, merci. Elle est très confortable.

Il hocha la tête.

— J'ai été très occupé, ces jours-ci, et nager m'a fait un bien fou. Hélas, le travail m'attendait à mon retour de la plage.

— Vous devez toujours être sur le pont, j'imagine.

— Pas vous ? En tant que responsable d'une entreprise, il faut souvent trouver une solution immédiate aux problèmes.

— Je ne suis pas dans votre situation. Mes préoccupations actuelles sont d'être prise au sérieux.

Il haussa un sourcil interrogateur.

— Pas par mon personnel, se hâta d'elle d'expliquer. Mais par les hommes. Les banquiers, en particulier.

— Vous vous sentez mal traitée dans le monde du travail ?

— Traitée avec condescendance, dévalorisée, oui.

Je suis désolée si je parais amère, mais le nombre de fois où j'ai entendu : « Votre père ne vient pas ? » est complètement fou. Et cela n'arriverait pas si j'étais un homme.

— Les gens portent un jugement en moins d'une seconde. Il faut beaucoup de temps en revanche pour changer une idée préconçue, mais je suis sûr que vous pouvez le faire si vous le voulez.

C'était ce qui l'avait le plus blessée. Tout se passait bien tant qu'elle n'avait eu qu'un rôle de façade mais, dès qu'elle avait pris la direction de l'entreprise, elle avait été jugée et cataloguée, avant même d'avoir accompli quoi que ce soit.

— J'imagine que personne ne vous a dit que vous étiez trop séduisant pour vous lancer dans les affaires ?

— Non, et j'ai du mal à croire que de nos jours on mette en doute vos capacités parce que vous êtes une femme.

— Cela arrive, pourtant, assura-t-elle en prenant une gorgée de vin.

— Si cela peut vous consoler, ce qu'on dit de moi est bien pire. Mais devrions-nous laisser l'opinion d'autrui affecter nos décisions ?

— Est-ce votre deuxième conseil en affaires ? s'enquit-elle en souriant, avant de prendre une nouvelle gorgée de vin.

— Plutôt un conseil de vie.

— Alors pourquoi quelqu'un de si bien placé dans le classement Forbes se sent-il calomnié ?

— Je ne me sens pas calomnié. Mais ce que j'essaye de vous dire, c'est que les gens se font des idées dans le monde des affaires et dans la vie en général. Le monde parfait que vous semblez voir ici…

Il balaya les lieux d'un geste de la main. Des lampes projetaient une lumière douce aux abords de la terrasse, éclairant les plates-bandes fleuries. Un peu plus loin, l'eau scintillante de la piscine et les silhouettes des chaises longues sous la lune offraient un spectacle apaisant.

— Ce paradis, comme tant d'autres, cache toutes sortes de fissures et de déchirements intérieurs.

Pendant qu'elle le regardait couper, puis manger une tranche de pastèque, Jacquelyn se souvint d'un autre article qui racontait l'enfance de Nikos et ses débuts modestes.

— Vous avez vécu des moments difficiles, n'est-ce pas ?

Il haussa un sourcil et continua à manger. Subjuguée, elle regarda sa gorge se contracter à chaque bouchée.

— Pas plus que n'importe quel autre enfant grandissant dans une famille violente et dysfonctionnelle. Et tout bien considéré, j'ai eu une vie relativement facile.

— Je suis sûre que vous réussissiez à vous protéger, dit-elle avec bienveillance.

Malgré ses humbles débuts, il avait désormais le monde à ses pieds. Il ne se doutait pas des efforts qu'elle avait dû produire pour en arriver là.

— C'est là où vous vous trompez. Je n'ai pas réussi – raison pour laquelle je me suis retrouvé ici.

Il semblait si différent, si calme. Il baissa les yeux sur l'assiette où il restait encore quelques morceaux de pastèque, puis posa sa fourchette et la fixa un moment.

— Je me suis enfui à dix-huit ans. J'avais des problèmes avec la police, les gangs et mon père. Je savais que si je restais à Sydney, je mourrais dans l'année. Et puis, Maria est arrivée dans ma vie. Elle était amoureuse de moi et je l'ai épousée. Je me suis « réinventé », en quelque sorte, et me voici désormais ici. Tout comme vous.

Pendant qu'il parlait, elle sentait les fantômes de son passé tourbillonner autour d'eux. Pour la première fois, il la regardait comme un homme regardait une femme.

— Effectivement, répondit-elle en jetant des regards nerveux autour d'elle.

— Je suis déjà passé par la case « mariage », voyez-vous, et sans vouloir vous offenser, je ne vois pas l'intérêt d'une telle institution.

— Vous ne m'offensez pas. Et pour votre gouverne, j'ai beau travailler dans l'industrie du mariage, je suis consciente que les mariages ne se terminent pas toujours bien.

— Cela ne s'est pas bien passé pour vous non plus ?

Elle rougit. Comme elle détestait parler de tout cela ! De plus, ce n'était ni le lieu ni le moment.

— Ne vous en faites pas, vous n'êtes pas la seule. Les hommes ont tendance à prendre le dessus dans une relation. Les choses semblent moins compliquées pour nous.

— Ceci n'est qu'un prétexte pour permettre à certains individus de se comporter de façon honteuse, riposta-t-elle.

Elle n'acceptait pas l'idée que les hommes soient différents des femmes et ne cherchent qu'à assouvir leurs pulsions. Il y avait des hommes bien, son père en était un exemple. Le problème était qu'ils étaient déjà tous pris…

— Admettons. Mais si les deux parties sont d'accord sur les limites à ne pas dépasser, qui sommes-nous pour juger ?

— Tout le monde n'a pas la même perception des limites à ne pas dépasser ! s'écria-t-elle.

Nikos la regarda, une lueur compatissante dans les yeux.

— Cet homme, Tim, que vous a-t-il donc fait ?

Elle n'avait jamais raconté à personne, à part à sa mère, ce qui s'était passé cette nuit-là, mais l'histoire avait néanmoins fait le tour la ville, avant même qu'elle n'ait eu le temps de retirer sa bague de fiançailles.

— Ce n'est pas un secret. Nous sommes sortis ensemble pendant quatre ans, sommes restés fiancés pendant deux ans, et il m'a quittée cinq semaines avant notre mariage.

Nikos hocha la tête et posa sa main sur la sienne, mais elle se déroba aussitôt.

— Je suis désolé, mais les gens se séparent tout le temps. Ce sont des choses qui arrivent. Mieux valait pour vous que cela arrive avant votre mariage.

— Je sais bien. Et croyez-moi, j'en remercie le ciel tous les jours. Mais la façon dont il l'a fait... Nous étions au restaurant. Il a commandé, puis s'est levé pour aller téléphoner. Il n'est jamais revenu.

Elle avait siroté son gin tonic, se souvint-elle, en admirant l'éclat de sa bague de fiançailles, fière et heureuse à l'idée qu'un anneau en or s'y ajouterait bientôt. Une fois son verre terminé, elle avait réalisé qu'il était parti depuis longtemps...

La honte, l'humiliation avait été terrible.

— Vous voulez dire que... vous n'avez pas vraiment rompu ? Il est parti sans explication ? Avait-il quelqu'un d'autre dans sa vie ?

Nikos versa encore un peu de vin dans leurs verres.

— Oui, je crois. J'ai appris qu'il était parti à l'étranger, et avait rencontré quelqu'un – une femme, mère de deux enfants. Cela ne fait que quelques mois qu'il est rentré.

Pas question qu'elle lui parle du mail qu'il lui avait envoyé un mois après leur rupture, lui disant que tout était sa faute, qu'elle l'avait poussé à s'en aller.

« Foutaises ! » avait dit sa mère.

« Si je mets la main sur lui, je le tuerai ! » avait dit son père.

La seule chose qu'il lui reprochait, finalement, était d'avoir voulu attendre qu'ils soient mariés pour se donner l'un à l'autre. Qu'y avait-il de mal à cela ?

— Êtes-vous aussi innocente que vous en avez l'air, Jacquelyn ?

Se pouvait-il qu'il eût deviné son secret ? Comment était-ce possible ?

— Je… ne comprends pas, balbutia-t-elle, gênée.

Mais il insista.

— Avec votre fiancé, n'avez-vous pas eu envie d'aller… plus loin ?

— Pas vraiment, non…

Il lui adressa alors un sourire carnassier. Dans les traits durs de sa mâchoire et dans son regard malicieux, elle voyait désormais le côté obscur de Nikos Karellis. Le magnat des affaires avait disparu, laissant la place à l'ange déchu de Sydney. Il n'y avait plus rien du gentleman en lui, plus rien de l'homme d'affaires policé et courtois. Il la percevait désormais comme une femme à conquérir, et rien d'autre.

Le cœur battant la chamade, elle ressentit une ivresse presque incontrôlable, à la fois grisante et inquiétante.

— Vraiment ?

Elle secoua la tête, soudain consciente de ses jambes nues, de son dos droit et tendu, de sa robe au profond décolleté. Lorsqu'elle s'écarta de la table, le tissu soyeux de sa robe remonta sur ses cuisses. Immédiatement, le regard appréciateur de Nikos se posa sur sa peau.

— Pas même une fois ? insista-t-il en pianotant des doigts sur la nappe blanche.

Elle sentit des picotements sur sa nuque, ses bras, ses jambes, et même sur la pointe de ses seins. Son corps sortait d'une longue léthargie. Et la sensation était agréable. Excitante…

Elle tira sur sa robe pour se couvrir les cuisses.

— Laissez-vous tenter, souffla Nikos.

Subjuguée et totalement sous le charme, elle fut incapable de bouger. Elle s'aventurait en terrain dangereux…

Il repoussa sa chaise et lui fit face. Elle avait peur, maintenant – peur d'elle-même, car elle sentait son calme la quitter peu à peu.

Son regard fixé sur sa bouche, ses seins tendus sous sa robe, elle ne rêvait que de sentir ses lèvres effleurer les siennes…

Mais il restait assis à l'observer en pianotant des doigts sur la table d'un air absent.

Puis, l'instant d'après, il se leva et vint se placer derrière elle. Elle sentit soudain sa main sur sa nuque et, doucement, il la fit basculer en arrière.

— Jc suis sûr que de vilaines pensées et de terribles fantasmes s'agitent dans ta petite tête, souffla-t-il.

Elle s'empourpra mais n'essaya pas de nier, trop troublée par ce changement de ton.

— Tu aimerais que j'oublie la raison de ta présence ici et que je te soulève dans mes bras pour te faire goûter ce que tu ne peux qu'imaginer. C'est à portée de main, Jacquelyn, mais tu as trop peur de lâcher prise.

— Je n'ai pas peur, se défendit-elle d'une voix rauque.

Il la serra plus fort contre lui. Si près qu'elle pouvait sentir son odeur enivrante et si masculine.

— Tu veux savoir ce que c'est que de faire l'amour avec moi ?

Elle aurait préféré mourir plutôt que l'admettre, mais son silence était éloquent.

— Et bizarrement, je suis tout aussi curieux de toi.

— Je m'efforce de prendre ça comme un compliment, répondit-elle tandis qu'il la relâchait.

— Tu peux. Cela fait une éternité que je n'ai pas ressenti une telle sensation. Peut-être même est-ce la première fois…

Il caressa sa joue. Subjuguée, elle ferma les yeux et entrouvrit les lèvres. Elle sentit son doigt se poser sur le renflement de sa lèvre inférieure, mais elle sut d'instinct qu'elle ne céderait pas si facilement. Elle ne s'agripperait pas à lui comme elle en avait tellement envie.

Après quelques secondes, il traça du bout des doigts le contour de ses lèvres, effleura ses pommettes et l'arc de ses sourcils, excitant ses sens.

— Si nous faisons l'amour, Jacquelyn… tu sais ce que cela veut dire.

Elle rejeta la tête en arrière et il glissa les mains dans son dos pour la soutenir tandis qu'elle offrait sa gorge à ses baisers. Elle avait dépassé le point de non-retour.

— Qu'est-ce que cela veut dire ? souffla-t-elle.

Au lieu de répondre, il déposa des petits baisers là où ses doigts avaient tracé un chemin quelques instants plus tôt et remonta jusqu'à la base de son cou, à l'endroit si sensible sous sa mâchoire.

— Rien. Juste une nuit merveilleuse. Et demain, nous reprendrons le cours de notre vie comme si de rien n'était.

Elle entendait ses paroles, sentait ses baisers sur ses joues et savait que si elle avait la patience d'attendre, ses lèvres finiraient par toucher les siennes, et elle pourrait enfin le goûter…

Ses yeux étaient toujours fermés, mais elle savait que la bouche de Nikos était à un souffle de la sienne, savait qu'il avait le regard fixé sur elle, sur ses lèvres entrouvertes. Elle sentit une douce chaleur envahir son corps, sentit la pointe de ses seins se durcir. Ivre de désir, elle se cambra et se pressa contre son sexe tendu.

— Je vais t'embrasser. J'embrasserai chaque partie de ton corps. Mais avant… ouvre les yeux, Jacquelyn.

Elle ouvrit les yeux et le dévisagea.

— Tu comprends ce que je dis ? Nous ne faisons que passer un moment agréable. Je ne te dois rien et toi non plus. Ta société et la mienne n'ont rien à voir avec ceci.

— Je comprends, souffla-t-elle, impatiente de retrouver les sensations qu'il n'avait fait qu'éveiller en elle.

Elle le fixa longuement et, comme il ne bougeait pas, elle se libéra de son étreinte et posa les mains sur son visage, capturant sa bouche. Elle vit la lueur de surprise dans ses yeux et l'entendit rire.

— Quelle impatience !

Puis, saisissant ses poignets, il poussa un grondement avant de reprendre sa bouche. Ses lèvres étaient à la fois douces et fermes, et elle se noya dans le baiser qu'il lui dispensait. Lorsque, de la langue, il entrouvrit ses lèvres, elle poussa un gémissement.

— Ce n'est pas toi qui imposeras la cadence. Ce n'est pas ainsi que ça marche.

Elle n'avait jamais fait plus qu'embrasser ou prodiguer des caresses à un homme, mais elle savait que ce n'était en rien comparable avec ce qu'elle vivait maintenant – le plaisir et la souffrance de l'attente, la chaleur exquise qui montait du plus profond de son être… Elle se sentait enhardie comme jamais auparavant. Certes, elle était inexpérimentée, mais elle n'avait qu'une envie : apprendre.

— Tu ne penses pas vraiment ce que tu dis…

Elle peinait à refréner le tremblement de désir dans sa voix. Soudain, elle sut qu'elle s'apprêtait à découvrir un nouvel univers. Jusqu'à présent, elle ne s'était jamais laissée aller, ne s'était jamais totalement détendue.

Mais ce soir, avec Nikos, elle était prête à toutes les audaces. Elle ne voulait pas penser au lendemain. Seul comptait l'instant présent.

— Je crois que tu accéderais à presque tous mes désirs, murmura-t-il.

Mais il ne bougeait toujours pas, se contentant de la fixer de son regard ardent. Quant à elle, elle vibrait presque tant elle était impatiente de découvrir le corps de Nikos. Mais il était hors de question de le lui montrer.

— Tu as une bonne estime de toi, n'est-ce pas ?

s'enquit-elle d'une voix tremblante qui accentua son sourire.

— Lorsqu'il s'agit de faire l'amour ? Je crois que nous savons tous les deux la réponse à cette question. Tu ne serais pas ici, sinon.

— Eh bien, qu'attends-tu, alors ?

— Bonne repartie…

Lorsqu'il lâcha son poignet, elle glissa ses doigts dans sa chevelure soyeuse et il se pencha vers son décolleté. Avec un soupir de satisfaction, il happa un premier téton entre ses lèvres, puis l'autre, et elle entendit un souffle sortir de sa propre gorge, sensuel et irrépressible.

Avide de toucher chaque partie du corps de Nikos, elle fit courir ses doigts sur sa tête et ses épaules. Elle prit une profonde inspiration, s'enivrant de l'odeur de la nuit chaude et humide qui les entourait. Le ciel était désormais strié de bandes orange et mauves et le soleil n'était plus qu'une petite boule dorée disparaissant à l'horizon.

Éperdue de désir, elle semblait ne jamais être rassasiée de sa bouche, de ses lèvres et du plaisir qu'il lui procurait. Elle s'émerveillait de la puissance de ses muscles, perceptibles sous le tissu, et mourait d'envie de défaire les boutons de sa chemise afin de toucher sa peau.

— Mettons-nous à l'aise, dit Nikos, avant de se lever et de la soulever dans ses bras d'un mouvement fluide.

L'instant d'après, il la plaquait contre son torse musclé, et tout autour d'elle se mit à vaciller tandis qu'il la portait à l'intérieur de la villa, puis jusqu'à son lit.

Elle se redressa sur un coude, et trouva ses lèvres. Sa langue réclama la sienne dans une danse lascive, et excitée par son odeur, sa peau, son corps irrésistible, elle s'agrippa à lui pendant qu'il ôtait sa chemise.

Enfin, elle allait pouvoir toucher ses larges épaules dorées, ses biceps durs, sa poitrine sculptée… C'est là que se posa sa langue, pendant que ses mains touchaient, caressaient et agrippaient sa peau douce et chaude. Qu'avait-elle donc imaginé ? Sûrement pas ça ! Ce qu'elle vivait était si merveilleux ! Sa virilité l'enhardissait. C'était donc ça, faire l'amour… Pour la première fois de sa vie, elle se sentait complètement, intensément vivante.

Les bras de Nikos glissèrent sous ses épaules tandis qu'elle nouait les jambes autour de sa taille, comme si elle avait accompli ces gestes des centaines de fois.

— Retire ta robe, lui intima-t-il.

Ses paroles lui firent l'effet d'une douche froide et elle releva la tête. L'espace d'un éclair, il sembla distant, le regard sombre et ardent, comme si le feu qui couvait en lui s'était presque étouffé.

Soudain, elle fut saisie d'angoisse. Échevelée, elle brûlait de désir inassouvi, la robe remontée à la taille, les tétons durcis par les baisers de Nikos, mais la magie de l'instant, tout comme le sentiment que quelque chose d'unique se nouait entre eux, avait disparu.

Elle pouvait encore tout arrêter. Elle pouvait se lever, rajuster ses vêtements, retourner en courant sur la terrasse et redevenir la personne qu'elle était vraiment. Elle avait sa vie, son entreprise et sa boutique. Elle venait certes d'entrouvrir une porte, mais rien ne l'obligeait à la franchir.

C'est alors qu'il réagit. Il s'écarta d'elle comme s'il avait deviné ses pensées, et elle ressentit aussitôt un frisson glacé. Avait-il changé d'avis ? Ses yeux étaient fixés sur elle, mais elle y lut de l'inquiétude, ce qui l'agaça au plus haut point. Elle ne voulait pas de son inquiétude – pas plus que celle de quiconque, d'ailleurs.

Elle en avait assez d'être Jacquelyn Jones, la fille dévouée dont le seul but dans la vie était de reproduire les aspirations de ses prédécesseurs. Elle vivait son fantasme – ici en Grèce, dans la villa d'un des hommes les plus convoités du pays, où elle ne reviendrait plus jamais…

N'y tenant plus, elle noua les bras autour du cou de Nikos, trouva sa bouche et l'embrassa avec passion ; puis ils se débarrassèrent à la hâte de leurs vêtements et s'allongèrent sur le lit.

Elle voulut prendre son sexe entre ses doigts, mais il l'arrêta d'un geste. L'instant d'après, il plaçait sa tête à l'endroit où palpitait son désir et, loin de le rejeter, elle s'abandonna à ses exquises caresses. Telle une lame de fond, le désir monta en elle par vagues de plus en plus puissantes, jusqu'à ce qu'elle explose en un orgasme foudroyant, criant son nom.

Elle se laissa retomber sur les coussins et vit Nikos enfiler prestement un préservatif, le regard fixé sur elle et le désir inscrit sur son visage de façon aussi nette que les tatouages sur son torse. Lorsqu'il s'allongea sur elle, elle renversa la tête en arrière pour mieux s'offrir à lui. L'instant d'après, il entrait en elle, et la vive douleur qu'elle ressentit fit bientôt place à une délicieuse sensation.

Elle planta son regard dans le sien et lorsqu'il l'interrogea du regard, elle répondit par un sourire, remerciant le ciel d'avoir rendu sa toute première expérience encore meilleure que dans ses rêves les plus fous.

Abandonnée, elle l'encouragea à poursuivre et il s'enfonça plus profondément encore en elle, sa force et sa puissance rencontrant sa chair douce et tendre. Rien au monde ne lui avait jamais procuré une telle jouissance, et elle s'en délectait comme d'un bon vin, d'un magnifique coucher de soleil ou de la soie la plus douce.

Ses lèvres embrassaient et goûtaient, ses mains erraient partout sur son corps. Elle agrippa les draps, puis son dos pendant qu'il continuait à la pénétrer avec des mouvements de plus en plus puissants.

Soudain, il poussa un cri de plaisir et se redressa. Aux spasmes qu'elle sentit monter en lui, Jacquelyn comprit qu'il était au bord de l'orgasme. Il ne lui en fallut pas plus pour se joindre à lui et, sous la lumière des étoiles, ils jouirent tous deux dans un même cri.

Puis, comblé, il roula sur le dos et leva les bras au-dessus de sa tête. Elle fit de même quand elle l'entendit pousser un profond soupir, comme pour revenir à la réalité.

Lovée contre lui, le regard tourné vers les petits lampions scintillants, elle écouta battre leurs deux cœurs, consciente d'avoir enfin percé un important mystère.

7.

Nikos n'avait jamais cru aux fantômes. Pour lui, cela n'avait pas de sens que les morts fassent encore partie du monde des vivants. Lorsque votre temps était écoulé sur cette terre, c'était fini. La vie était tolérable si l'on voyait les choses ainsi.

Pourtant, depuis son retour en Grèce, il avait l'impression de voir non pas des spectres en tant que tels, mais les fantômes de son passé – des images et des sensations qui se reflétaient ici et là, dans un coin d'une pièce, dans l'ombre d'un sourire, dans la chaleur du jour.

Ce n'était certes que des souvenirs, mais ils étaient tout sauf doux. Souvenirs de ses terreurs d'enfant, de ses doutes d'adolescent, et de ses disputes avec Maria, une femme belle et brillante que le poison de l'addiction et de la cupidité avait détruite.

Maintenant il savait que l'amour n'était qu'une simple attirance sexuelle, une brusque poussée d'hormones, une cécité temporaire. Sa relation avec Maria n'avait été que la rencontre de deux âmes perdues qui avaient tenté de se reposer l'une sur l'autre. Croire qu'elle aurait pu combler le vide en lui avait été la plus grosse erreur de sa vie. Personne ne pouvait combler cette plaie béante, sauf House. Son entreprise était à la fois son épouse, son enfant et sa famille.

Debout sur la terrasse qui surplombait la mer Égée,

Nikos posa les mains sur la balustrade. Combien de fois s'était-il tenu là, le regard fixé sur l'horizon, sur les myriades de petites îles et sur les voiliers voguant au loin ?

Il avait toujours adoré cet endroit, mais il ne s'en était pas rendu autant compte. Il sentit avant de revenir ici le calme l'envahir tandis qu'il profitait des dernières heures de tranquillité avant que le monde ne s'éveille et qu'il doive prendre des décisions.

Il aurait dû être en train de dormir, se fustigea-t-il. Il aurait dû prendre un peu de repos avant de commencer la journée parce qu'il allait devoir se montrer ferme et ne pas se laisser influencer par son attirance pour Jacquelyn Jones.

La règle qu'il s'était fixée depuis des années était simple : est-ce que ce projet rapportera de l'argent et rendra les actionnaires heureux ? Si la réponse était non, il ne voulait pas en entendre parler. Pas de poids morts, pas de boulets, rien que la progression et l'évolution. C'était sa marque de fabrique. Il se débarrassait des projets qui n'entraient pas dans ce cadre, même s'ils étaient rentables à court terme.

Ariana était une société du passé. Il pouvait donner à Jacquelyn des conseils professionnels, mais il ne pouvait pas travailler avec elle. Pas maintenant. Surtout pas maintenant. Il le savait avant même d'avoir accepté de la rencontrer, et il se maudit de s'être montré faible au détriment de ses affaires.

Mais il n'y avait pas que cela, n'est-ce pas ? Il y avait quelque chose de malsain en lui. Quelque chose qu'il gardait enfoui au plus profond de lui-même tout en travaillant d'arrache-pied, en finançant des bourses et en multipliant les conquêtes. Il enfouissait le mal en lui, l'étouffait, mais, la nuit dernière, il avait refait surface.

Il jeta un coup d'œil sur l'eau calme et paisible de la

piscine. Derrière l'épaisse haie qui l'entourait se trouvait le jacuzzi. Il ne frémissait plus maintenant en songeant à cette sordide affaire. Il pouvait même passer devant cet endroit sans revoir le crâne rasé de son père, ses épaules musclées, les tatouages incongrus représentant une rose et une sirène sur des bras qui repoussaient quiconque osait se mettre en travers de leur chemin…

Le jacuzzi avait été vidé, mais sa coque bleue était toujours là. Il avait failli perdre le contrôle de lui-même, ce soir-là. Depuis, il avait vécu l'enfer et s'était noyé dans l'alcool pour oublier les moqueries de son père, les hurlements et les supplications de Maria.

Honteux, il baissa la tête.

Sa haine et sa culpabilité avaient refait surface hier soir, comme si les cinq années écoulées avaient été effacées d'un coup de baguette magique. Le pansement avait été arraché, et rien ne pouvait calmer sa souffrance terrible, à part peut-être cette jolie blonde aux courbes généreuses et au gentil sourire.

Et cela avait marché. La douleur avait disparu, les souvenirs s'étaient estompés et le monde s'était interrompu pendant qu'il trouvait le réconfort dans les bras de Jacquelyn. C'était comme s'il avait fait l'amour pour la première fois, et il avait senti que c'était… juste ? Il avait l'impression d'être avec quelqu'un de pur ; il n'y avait pas d'autre façon de l'exprimer.

Mais Jacquelyn n'était pas venue pour lui. Elle était venue pour sauver sa société. Il ne lui en voulait pas, mais il ne devait pas s'accrocher à l'idée qu'elle était une jeune femme modèle et qu'il était son chevalier à l'armure étincelante.

Il se retourna et jeta un coup d'œil par la fenêtre de la chambre, observant le lit à travers les rideaux entrouverts. Le lit où elle était allongée, nue… Rien que de penser à elle ravivait son désir, mais il le réprima. Sa devise était : le travail d'abord, le plaisir ensuite.

Les mains agrippées à la balustrade, il secoua la tête. Il devait se ressaisir. Il devait rassembler les documents et les apporter à Mark.

Il s'éloigna, mais un son derrière lui l'alerta et il revint sur ses pas. Les rideaux se soulevaient sous l'effet de la brise, révélant le lit, désormais vide, l'empreinte de leurs corps encore visible sur les draps froissés. Il entra dans la pièce et suivit les effluves de son doux parfum jusqu'à une porte fermée derrière laquelle il pouvait entendre le bruit de la douche.

La fête était terminée. Ils avaient conclu un marché. Ils s'étaient bien amusés mais, maintenant, il fallait passer à autre chose.

Il se rendit de l'autre côté de la maison, prit une douche et s'habilla, puis envoya une domestique porter un message à Jacquelyn – le petit déjeuner lui serait servi sur la terrasse de la chambre d'amis. Il la rencontrerait ensuite dans la salle de réunion.

Il lui accorderait une demi-heure pour faire sa présentation, puis ils reprendraient l'avion pour Londres. Le vol ne serait pas agréable, mais elle surmonterait sa déception. Puis il poursuivrait sa route jusqu'à New York où il remettrait les documents à Mark en mains propres. Ce qui se passerait ensuite n'était pas de son ressort. La dernière chose qu'il voulait était de faire intervenir la police, mais, s'il n'avait pas le choix…

Il jeta un coup d'œil autour de lui. Cela lui faisait de la peine de quitter ce petit coin de paradis, mais il n'avait plus rien à y faire. Sa mère ne reviendrait plus et plus personne ne se souvenait d'elle ici. Il vendrait la maison et, avec un peu de chance, il parviendrait à clore ce chapitre de sa vie.

*
* *

Jacquelyn avait une affreuse migraine, le ventre noué et le corps endolori. Elle se sécha les cheveux et se maquilla, puis regarda son reflet dans le miroir. Ses cheveux étaient lisses, sa peau douce, et elle avait camouflé ses cernes sous du fond de teint. Pourtant, malgré les longues minutes passées sous la douche, elle n'arrivait toujours pas à évacuer son sentiment de culpabilité, l'impression de s'être avilie. Et peu importe le temps passé à se maquiller, le visage qui lui faisait face était triste et désespéré.

Dire qu'elle s'était préservée pour sa nuit de noces ! Elle avait tant misé sur l'amour et le mariage, le sexe était pour elle l'expression de la promesse d'une vie à l'homme avec qui elle comptait passer le restant de ses jours. La seule fois où elle s'était laissée allée à ses pulsions était justement celle où elle aurait dû s'abstenir. Le seul élément positif de cette histoire était que, cette fois, personne ici n'avait été témoin de sa stupidité.

Personne parmi ses connaissances ne penserait qu'elle avait commis une grossière erreur en se jetant dans le lit d'un parfait inconnu. De plus, elle n'avait pas fait grande impression sur Nikos. Elle avait eu beau se sentir très proche de lui et être certaine qu'il ressentait la même chose qu'elle, que leur passion était unique et ne pouvait pas s'éteindre après une seule nuit, il nourrissait manifestement d'autres pensées. Au point qu'il l'avait quittée au milieu de la nuit, la laissant se réveiller seule dans un lit vide et froid.

Elle avait tendu la main vers la place qu'il avait occupée pour trouver un peu de chaleur, mais il était parti. Elle s'était redressée et avait regardé autour d'elle dans l'obscurité, désorientée, en tentant de se souvenir de ce qui s'était passé. Devait-elle essayer de le trouver ? Devait-elle être inquiète ? Finalement, elle s'était rallongée, l'esprit en tumulte.

Tout va bien. C'est juste le choc. Tu réagis trop violemment. C'est à cause de ce qui s'est passé avec Tim, mais cela n'a rien à voir. Il ne s'agit que de sexe...

Pourquoi était-elle si malchanceuse ?

Pourquoi ne pouvait-elle pas trouver un homme qui se souciait vraiment d'elle ? Sa mère avait trouvé son père, et la plupart des gens trouvaient des partenaires satisfaits et fidèles. Pourquoi pas elle ? Que faisait-elle de mal ?

Eh bien, elle ne pouvait rien y faire, semblait-il, à part en tirer le meilleur parti. Elle devait prendre sur elle et aller de l'avant.

Tu vaux mieux que ça. Tu dois faire ce que tu es venue faire ici et aller à ce rendez-vous, la tête haute.

Elle ferait mieux d'oublier les heures torrides qu'ils avaient partagées, le plaisir qu'elle avait ressenti tandis qu'il se perdait en elle. Elle ne pouvait pas rentrer à Lower Linton avec comme seul souvenir une nuit de passion...

Elle resta longtemps assise, le regard dans le vide. Elle consulta sa montre. Il était 8 h 15. Dans un instant, elle se lèverait et enfilerait sa robe d'été froissée. Puis elle traverserait l'immense villa, affichant l'expression impassible de la femme d'affaires qu'elle était censée être.

Elle ne présenterait pas des faits et des chiffres, des graphiques et des tableaux. Ce n'était pas son fort et en ce moment elle n'avait pas la tête à ça. Elle parlerait avec son cœur. Elle lui raconterait l'histoire d'Ariana et lui dirait comment sa grand-mère avait construit la société à partir de rien, cousant ses rêves avec ceux des femmes dont elle créait les robes de mariée. Elle lui parlerait de la minuscule boutique qui sentait bon les fleurs et comment elle avait, enfant, caressé les soies blanches et crémeuses et adoré voir les visages ravis des jeunes mariées qui essayaient les robes.

Elle ne lui dirait pas, en revanche, qu'elle avait rêvé d'être un jour à la place d'une de ses mariées, tout de blanc vêtue et faisant la fierté de sa *nonna*.

Non, elle lui dirait que la minuscule boutique avait grandi, puis qu'on en avait ouvert d'autres, dans d'autres villes... Comment ce petit empire pourrait-il dépérir et finir par disparaître, alors qu'il proposait tout ce que les femmes désiraient ? Cette petite touche personnelle... Des femmes à l'écoute d'autres femmes. Tout ce qui était cher à ses yeux se trouvait dans Ariana. Elle voyait encore les petites mains de sa grand-mère, l'une enfouie dans la soie et l'autre brodant des perles.

Rejetant la tête en arrière, elle cligna des yeux pour retenir ses larmes. Elle n'allait pas encore pleurer. *Par pitié, pas maintenant...*

Se levant, elle prit une profonde inspiration et, au moment où elle entendit les pas de la domestique, elle se retourna et afficha un sourire serein, prête à affronter la journée.

Elle suivit la jeune femme le long du corridor vers la salle de réunion, ses talons claquant sur le sol marbré. Mais les battements de son cœur étaient si forts qu'ils étouffèrent tout bruit extérieur. Lorsque la domestique s'arrêta devant une porte ouverte, elle sut que le moment était arrivé. Elle entra et vit Nikos dans un coin de la pièce. Il leva la tête à son approche et attendit qu'ils soient seuls pour lui adresser la parole.

— Bonjour, Jacquelyn. J'espère que tu as trouvé tout ce dont tu avais besoin, ce matin.

— Oui, merci, répondit-elle machinalement.

— Parfait. Alors, commençons. Je suis sûr que tu es aussi pressée de retourner en Angleterre que je ne le suis de traverser l'Atlantique. J'ai des rendez-vous prévus toute la journée.

Comment pouvait-il se comporter comme s'il ne s'était

rien passé entre eux ? Elle s'était certes attendue à une approche professionnelle de sa part, mais son attitude dépassait l'entendement.

— J'ai installé ton ordinateur portable là-bas.

Il baissa les yeux sur son propre ordinateur et indiqua de la main l'extrémité de la longue table. Derrière, un écran s'affichait sur le mur.

Les sourcils froncés et ses mains courant sur le clavier, il envoyait des mails pendant qu'elle restait debout. Il n'avait même pas la décence de lui prêter attention.

— Je n'ai pas l'intention d'utiliser cet ordinateur, dit-elle.

Il leva la tête et fronça encore plus les sourcils. Elle avait l'impression d'être une élève convoquée par le directeur.

— Ah bon ? Je croyais que tu travaillais sur quelque chose hier ?

— Ça, c'était hier.

— Écoute, avant que tu ne commences… Jacquelyn, dit-il en se redressant. Ce qui s'est passé entre nous hier soir n'était que du sexe. Cela n'a rien à voir avec ta présentation. J'espère avoir été clair là-dessus.

Jacquelyn fut choquée. Elle ne s'était pas attendue à ce qu'il se montre si *froid*, si brutal. Il prenait ses distances avant même qu'elle ait commencé sa présentation. Il ne lui accordait aucune chance.

— Tu as dit que cela ne comptait pas, s'entendit-elle dire, mais pas que cela me desservirait.

— Je n'ai pas exactement dit ça.

— Tu n'en as pas eu besoin. C'est écrit sur ton visage.

— D'accord, admit-il après une longue pause.

Une pause durant laquelle elle eut l'impression que le monde s'écroulait. Qu'il aille au diable avec son humeur maussade !

— Peux-tu au moins me dire si je perds mon temps ?

Je préférerais le savoir maintenant. Je ne veux pas plus que toi être ici. Je suis parfaitement consciente que tu as classé notre nuit dans la rubrique « ne pas donner suite ».

Il sourit, manifestement amusé à l'idée qu'elle ait pu croire à un autre dénouement.

— Ose le nier ! ajouta-t-elle.

Sa colère était telle que sa voix en devenait perçante. Elle ne pouvait pas croire ce qui se passait et n'arrivait plus à se contrôler. Les mots sortaient de sa bouche en cascade.

— Contre qui es-tu en colère, Jacquelyn ? Contre moi pour t'avoir séduite, ou contre toi, pour avoir pensé que j'allais me conformer à tes projets ?

— Je ne suis pas en colère contre moi. Avec moi, il n'y a pas deux poids deux mesures.

— Peut-être pas, admit-il, mais tu ne serais pas la première femme à croire que coucher avec moi te donnerait droit à un traitement de faveur. C'est une ruse bien connue.

— Comment oses-tu ? s'écria-t-elle, folle de rage. Tu n'as aucune idée de qui je suis et des valeurs que je défends. Toi en revanche, ce ne sont pas les scrupules qui t'étouffent !

Là-dessus, elle pivota pour sortir au plus vite mais, en apercevant la silhouette de Nikos qui se découpait sur l'écran vierge, elle sentit les larmes lui monter aux yeux et sa gorge se nouer.

Cela faisait des mois qu'elle essayait de se remettre de la terrible trahison de Tim et voilà qu'elle se retrouvait une fois de plus dans la même situation ! Elle n'était qu'une imbécile au cœur tendre, incapable de se défendre.

Elle était furieuse contre elle-même, mais ne se retournerait pas avant de s'être ressaisie. Pas question de lui montrer le moindre signe de faiblesse. Mais avant qu'elle ait eu le temps de réagir, il se tenait derrière elle.

Elle baissa les yeux sur ses doigts agrippés au dossier de la chaise et se concentra dessus, s'efforçant de le repousser par la simple force de sa volonté, de la même façon qu'elle s'était offerte à lui la veille, accueillant avec plaisir ses caresses, ses baisers, son corps.

Comment diable avait-elle pu se montrer aussi naïve ?

— Écoute, dit Nikos d'une voix calme et posée, je suis désolé. Je ne voulais pas dire ça comme ça, mais je ne veux pas non plus te donner de faux espoirs. J'ai regardé ton site Internet, et ce que tu proposes ne nous convient pas. Cela ne me dérange pas de t'aider en revanche – une sorte de partenariat, de tutorat, ou quelque chose de ce genre. Je peux te donner des conseils utiles, mais…

— Ma famille a mis tout son cœur dans cette entreprise. Ma grand-mère avait de l'arthrose dans les doigts à cinquante ans, mais a cousu de magnifiques robes de mariée pour les jeunes femmes de sa ville, et elle aurait honte de me voir ici !

— Je n'ai pas envie que tu te sentes honteuse. Je veux juste me comporter en professionnel.

Jacquelyn fit volte-face. Refoulant son désarroi, elle leva la tête vers lui. Elle avait les larmes aux yeux et la gorge serrée, mais il était hors de question d'accepter ses miettes. Peu importe ce qu'il adviendrait d'Ariana, jamais elle ne s'abaisserait à supplier un homme comme lui.

— Je n'ai plus rien à te dire. J'aimerais juste rentrer chez moi.

La journée s'annonçait magnifique. Il n'y avait pas un nuage dans le ciel, pas une ride sur la mer. Il n'y avait rien d'autre que la chaleur, la lumière et l'espoir. Et, curieusement, cela la fit se sentir encore plus mal.

Elle n'avait rien à faire ici. Elle aurait dû être chez elle, à Lower Linton, pour ouvrir la boutique, s'assurer que le personnel était accueillant envers les clients, vérifier le travail en cours – les essayages et les livraisons et

Dieu sait quoi encore. Il y avait tant de choses à faire ! Elle devait rentrer au plus vite et se remettre au travail.

Elle s'avança, mais il ne bougea pas d'un millimètre et elle se heurta à lui au moment où il lui saisissait le bras.

— Excuse-moi.

Sa voix était rude et sa poigne était forte, mais elle se libéra d'un geste brusque.

— Cela n'a plus vraiment d'importance, maintenant. Tes excuses m'importent peu et j'ai beaucoup de choses à faire aujourd'hui, donc peux-tu organiser mon retour ?

Là-dessus, elle quitta la pièce. Elle ne savait pas où elle allait, sauf qu'elle voulait s'éloigner de Nikos. Elle serait capable de marcher jusqu'en Angleterre s'il le fallait. Elle arrivait au bout du couloir lorsqu'elle sentit ses larmes couler.

— Jacquelyn, attends ! tonna Nikos derrière elle.

Mais elle n'allait pas attendre qu'il la rattrape. Elle allait rentrer chez elle par ses propres moyens, décida-t-elle. Elle continua à avancer, se trompant de portes, envahie par la colère et la honte.

Dieu merci, personne ne la voyait. Dieu merci, ses parents étaient en Espagne. Qu'allait-elle donc leur dire ? s'inquiéta-t-elle soudain. Elle devait impérativement partir d'ici. Et vite.

La mer était à sa gauche, la route à sa droite. Redressant la tête, elle longea le couloir jusqu'à l'entrée de la villa et s'arrêta devant deux immenses portes en bois. Elle tira de toutes ses forces sur l'une d'elles jusqu'à ce qu'elle s'ouvre en grinçant.

La chaleur et la lumière la heurtèrent de plein fouet. Elle commença à marcher sur la route poussiéreuse. Ses sandalettes lui faisaient mal aux pieds, son esprit survolté imaginait des scénarios extrêmes…

Soudain, une voiture apparut et ralentit à sa hauteur. La vitre s'abaissa et un homme portant des lunettes de soleil la dévisagea. Puis une portière s'ouvrit. Un autre homme en sortit – un garde du corps ? Instinctivement, Jacquelyn s'arrêta. Elle lança un regard en direction de la villa, puis reporta son attention sur les deux hommes. Ils ne bougeaient pas.

Quelque chose n'allait pas. Pas du tout, même.

8.

Nikos n'en croyait pas ses yeux. Incapable de bouger, il observait la scène qui se déroulait devant lui.

Même de l'endroit où il se tenait, il pouvait apercevoir la cicatrice qui barrait le visage de l'homme, ses sourcils broussailleux et ses épaules crispées.

C'était le meilleur ami de son père, Bruno. Il avait peut-être quinze ans de plus, mais avait toujours l'air aussi menaçant. La machine à tuer qui terrorisait même les pires criminels de Sydney se tenait debout dans son allée.

— Jacquelyn, reviens ici ! s'entendit-il dire crier.

Il détourna son regard de Bruno pour regarder Jacquelyn, déterminé à la faire obéir par la force de son regard. Quand elle tourna la tête vers lui, il vit la peur inscrite sur son visage, mais elle ne bougea pas pour autant.

— Viens ! gronda-t-il.

Il la vit hésiter. Personne ne pouvait délibérément se jeter dans la gueule du loup, si ? Il ne la laisserait pas faire, de toute façon.

Il s'avança en serrant les poings – geste inutile, hélas. Ces hommes ne se battaient pas avec leurs poings. Ils avaient des barres de fer, des couteaux, des fusils, et tout ce qui pouvait d'une façon ou d'une autre faire passer leur message. Il les avait vus à l'œuvre.

Le temps semblait s'être arrêté. Il était conscient des

battements erratiques de son cœur, de son estomac noué et des tourbillons de poussière sur la route. Jacquelyn lui jeta un regard affolé, ses longs cheveux dorés capturant les rayons du soleil.

C'était comme s'il revoyait le visage terrifié de sa mère et se rappelait sa propre peur. Il ne permettrait pas que cette situation se reproduise.

L'instant d'après, il rejoignait la jeune femme.

— Sors de ma propriété, Bruno ! Sors d'ici tout de suite !

— Tu sais qui m'a envoyé, rétorqua Bruno. Il veut son dû.

Nikos était furieux. Il ne voulait pas que cette affaire soit ébruitée. Personne d'autre ne devait être touché.

— Retourne dans la maison, ordonna-t-il à Jacquelyn. S'il te plaît, ne discute pas.

Mais serrée contre lui, elle ne bougea pas. Fort heureusement, son corps lui servait de rempart et cette étrange intimité physique lui donnait envie de tuer quiconque voudrait lui faire du mal. Chaque seconde qui passait accroissait sa colère, celle de voir son passé sordide refaire à nouveau surface et que Jacquelyn soit exposée à tout ceci.

— Il devrait croupir en prison. Voilà ce qu'il mérite.

— Cela n'arrivera jamais, Nikos. Nous le savons tous les deux.

— La roue tourne.

Bruno secoua la tête.

— Tu fais une erreur, Nikos, assura Bruno en marchant vers sa voiture. Il viendra te chercher. Et il ne sera pas aussi gentil que moi.

Les portières claquèrent. Le moteur démarra et la voiture recula lentement, faisant jaillir la poussière et s'envoler les oiseaux.

Nikos resta immobile avec Jacquelyn jusqu'à ce que

les visiteurs aient disparu à l'horizon. Aucun d'eux ne parla. Le corps de la jeune femme était toujours pressé contre le sien, à l'abri sous son bras protecteur, tandis qu'il sentait les battements de son cœur s'apaiser. La matinée reprenait ses droits et le soleil brillait comme si de rien n'était.

Ils se séparèrent au même moment.

— Je suis désolé que tu aies été témoin de cette scène.

— Ils étaient armés, non ?

— Allons parler de ça à l'intérieur.

Nikos jeta un regard autour de lui, s'attendant presque à voir les deux malfrats revenir, mais tout était calme. Il secoua la tête, furieux. Il en voulait à Bruno d'avoir troublé sa quiétude et en voulait à son père. Mais, surtout, il s'en voulait à lui d'avoir si peur. Il aurait dû l'affronter depuis longtemps. Il aurait dû le rencontrer quelque part et régler une bonne fois pour toutes son différend avec lui. Mais il était lâche quand il s'agissait de son père. Il avait beau avoir envie d'en finir avec lui, il n'arrivait pas à prendre les mesures qui s'imposaient.

— J'ai les jambes en coton, dit Jacquelyn.

Il la souleva dans ses bras et la serra contre lui, s'attendant à ce qu'elle le repousse, mais elle n'en fit rien, ce qui le rendit encore plus furieux contre lui-même. Peu importe qu'elle ne soit qu'une simple connaissance, une aventure sans lendemain, une femme d'affaires dépassée – elle était son invitée et elle n'aurait jamais dû être confrontée à ça.

Il marcha vers la porte, l'ouvrit du pied, entra et la referma de la même façon, Jacquelyn toujours contre lui. Quoi faire pour la calmer ? Du thé ? Elle était anglaise et les Anglais faisaient du thé quand les choses allaient mal.

Dieu merci, il n'y avait personne dans la cuisine. Le personnel était parti à Agios Stephanos, dans la petite église à flanc de coteau, pour célébrer la sainte du jour.

Jacquelyn se libéra de son étreinte, s'assit et enfouit ses mains dans ses cheveux, le laissant étrangement esseulé.

— Qui étaient ces gens ? s'enquit-elle en levant les yeux vers lui.

L'expression qu'il lut sur son visage lui serra le cœur. Il lui devait la vérité, décida-t-il soudain.

— Ce sont des criminels. Des gangsters de Sydney.

Jacquelyn soutint son regard dur et déterminé.

— C'est pour ça que tu t'es enfui ? Tu avais peur de ces gens et tu t'es enfui ?

— Quelque chose comme ça, oui, concéda-t-il.

— Je crois que je mérite une meilleure réponse que ça, dit-elle sèchement, coupant court à ses pensées moroses.

Il déglutit. Quelle partie de son passé pouvait-il partager avec une femme comme elle ? Les blessures et l'hémorragie cérébrale de sa mère ? Les derniers mois de Maria sur cette terre ? Son alcoolisme et sa toxicomanie ? La façon dont elle détournait l'argent de tous ses comptes bancaires pour satisfaire son addiction ? Elle avait vendu tout ce qu'elle avait, hormis son corps. Il pouvait encore entendre ses supplications, ressentir son dégoût, son rejet, et entendre le rire gras de son père. Il avait encore l'image de sa voiture devant les yeux… Il n'y avait eu aucun espoir.

— Tu ne la supporterais peut-être pas.

— Accorde-moi un peu de crédit, Nikos. Je viens tout juste de me trouver nez à nez avec des hommes armés. Je pense être capable d'entendre pourquoi !

Il la dévisagea longuement. Elle était assise, un coude posé sur la table, le dos bien droit et une expression posée sur le visage. La femme qu'il avait tenue dans ses bras, la femme qui avait parcouru des centaines de kilomètres pour sauver son entreprise, la femme qu'il avait éconduite sans même un mot gentil et qui avait gardé son sang-froid face à ces ordures méritait en effet la vérité.

Mais il n'était pas certain d'être capable de la lui révéler.

— Bruno était… ou plutôt, est, corrigea-t-il, le lieutenant de mon père. Et mon père est un des plus importants chefs de gang de Sydney – drogue, fausse monnaie, ce genre de choses. Il a vendu de la drogue à Maria le soir même de sa mort.

Voilà. Il l'avait dit. Et elle ne broncha même pas.

— Je vois. Donc, « vouloir son dû » signifie qu'il veut être payé pour la drogue ?

— Il prétend aussi qu'il lui a donné de l'argent à investir.

Elle écarquilla les yeux.

— Tu veux parler de blanchiment d'argent ?

Il hocha la tête.

— Je crois. Le fisc réclame aussi son dû. Toute cette affaire est une énorme pagaille, et mon comptable et moi-même avançons à tâtons. Je veux trouver les indices avant eux ; cela ferait meilleur effet. Je ne veux surtout pas être accusé de fraude.

— Oui, je comprends, rétorqua-t-elle sans l'ombre d'un sourire.

— De plus, ce genre de choses risque de se reproduire tant que mon père fait partie de ma vie. Je dois absolument couper les ponts. Je ne peux pas voir des gangsters débarquer à Agios Stephanos.

— Eh bien, à part aller à la police, je ne vois pas ce que tu peux faire.

Il se dirigea vers la fenêtre – une immense paroi de verre qui offrait une vue imprenable sur la falaise et la mer d'un bleu profond. Un paysage unique au monde.

— J'adore cet endroit mais, même quand je ne suis pas là, il n'est pas sûr. J'ai été cambriolé il y a six mois. Finalement, c'était peut-être bien déjà eux.

— Tu devrais prévenir la police.

Il ne répondit pas. Les gens ne comprenaient pas. La police ne résoudrait rien ; elle ne créerait que des problèmes plus importants. Les gangs avaient des moyens d'arriver à leurs fins et ne craignaient pas les peines de prison.

— Que peux-tu faire d'autre ? À part vendre la maison ?

Vendre la maison dont il avait lui-même dessiné les plans, espérant un jour y faire revenir sa mère afin qu'elle puisse regarder la mer et écouter les cigales en dégustant des olives ? Cela n'aurait pas lieu de toute façon, se consola Nikos, vu l'état de santé de sa mère.

— J'ai conçu cette maison moi-même, mais elle serait plus adaptée à une grande famille, admit-il, imaginant les pièces remplies d'enfants riant et courant partout. J'aimerais donner à la population locale un vrai travail, et non pas leur demander de prendre soin d'un mausolée.

Il posa une tasse fumante devant elle et elle marmonna des remerciements.

— Je comprends, dit-elle, regardant autour d'elle, comme si les spectres du futur apparaissaient devant ses yeux.

Puis elle but une gorgée de thé et fit une légère grimace en reposant sa tasse.

— Ça va, le thé ?

— C'est chaud et ça a vaguement le goût de thé.

— Jacquelyn, je suis désolé.

— Oh ! ne t'inquiète pas. C'est parfaitement buvable.

— Je ne parle pas du thé.

— Oh… Eh bien, je ne te tiens pas responsable de ce qu'il s'est passé. Tu n'avais pas l'air plus ravi que moi de les voir.

— Pour tout. Pour t'avoir entraînée ici, pour avoir profité de…

— Je t'arrête tout de suite. Tu n'as pas profité de moi. Je n'ai rien fait que je ne voulais pas faire. Mais tes accusations étaient impardonnables.

— Tu as raison, admit-il en lui prenant les mains. J'étais fâché contre le monde entier et contre moi-même… et je me suis défoulé sur toi. Mais j'ai passé une nuit extraordinaire.

Elle leva ses grands yeux bleus vers lui. La dernière fois qu'elle l'avait regardé ainsi, il l'avait trouvée ingénue, mais pas maintenant. Elle ne souriait pas et ne battait pas innocemment des cils. Il attendit qu'elle parle, qu'elle dise les mots qu'il voulait entendre, comprit-il soudain : qu'elle avait également adoré leur nuit ensemble, que cela avait été un moment important pour elle, pas un simple interlude sensuel.

— « Comme on fait son lit, on se couche », si je puis dire.

— C'est un choix de mots intéressant…

Il la dévisagea, espérant ne serait-ce qu'une esquisse de sourire, mais elle affichait une expression indéchiffrable, la même qu'elle lui avait présentée le jour de leur rencontre. Elle devait pourtant ressentir quelque chose sous ce vernis glacial ; ce n'était pas naturel d'avoir une attitude si posée. Il préférait les moments où elle perdait le contrôle – dans la chambre hier soir et ce matin dans la salle de réunion.

Il n'était pas du genre à tergiverser, mais l'attitude de Jacquelyn le déconcertait. Il y avait entre eux une exceptionnelle alchimie sexuelle. Elle n'était certes pas très expérimentée, mais elle était douce et incroyablement sexy. Combien de femmes avait-il connues qui lui avaient fait vivre une telle expérience ? C'était comme si toutes ses aventures de ces quinze dernières années avaient été balayées, comme s'il avait fait l'amour pour la toute première fois. Il avait supposé qu'elle ressentait la même chose que lui. Il avait même cru à certains moments qu'elle était vierge tant ses réactions étaient… déroutantes.

— Regrettes-tu le fait qu'on ait fait l'amour ?

— Amèrement, répondit-elle sans hésiter.

Sa réponse lui fit l'effet d'une gifle.

— D'accord.

Elle se leva, se dirigea vers les placards, les ouvrit et, sans attendre d'y être invitée, entreprit de se faire une tasse de thé.

Elle était comme chez elle, nota Nikos, et cette constatation le laissa perplexe. Il n'avait jamais laissé une femme profiter de sa maison depuis la mort de Maria.

— Veux-tu une autre tasse de thé ? lui demanda-t-elle par-dessus son épaule.

Elle était si belle, si féminine, si *parfaite* ?

Comme le mot se formait dans son esprit, quelque chose se noua en lui, une sensation inconfortable.

— Non, mais je t'en prie, fais comme chez toi !

Elle s'apprêtait à verser de l'eau dans sa tasse quand elle s'arrêta et le fixa d'un regard froid.

— Ne nous emballons pas. Tu m'as pratiquement mise à la porte, ce matin. Tu t'en souviens ?

— Attends, Jacquelyn. Je ne t'ai pas mise à la porte. Je me suis juste montré franc avec toi. J'ai peut-être été un peu brusque, mais je ne voyais pas l'intérêt de te laisser faire ta présentation pour ensuite te dire non – d'autant que ma décision était déjà prise.

Elle reposa brusquement la bouilloire et lui fit face.

— Quand as-tu pris ta décision ? Avant ou après avoir fait l'amour avec moi ?

Elle était très douce, mais elle pouvait aussi se montrer féroce ! Elle ne s'en laissait pas conter et son attitude indomptable lui coupa le souffle.

— Réponds-moi !

— D'accord. Puisque tu me poses une question directe, je te donnerai une réponse directe. Je savais d'entrée de jeu que je ne te ferais pas d'offre commerciale. Je le savais avant de prendre l'avion, et sans doute même avant de te proposer ce petit déjeuner de travail.

Le feu aux joues, elle exsudait la colère. Nikos eut envie de la prendre dans ses bras et de l'embrasser.

— Tu m'as fait venir jusqu'ici, sachant que tu me ferais perdre mon temps, juste pour m'entraîner dans ton lit ?

— Non, je t'ai fait venir ici parce que je me suis engagé auprès de mon beau-frère qui m'a obligé à te rencontrer, car il a de la sympathie pour toi. Je me doutais que je te ferais perdre ton temps, mais je n'avais aucune intention de te séduire.

— Je n'y crois pas ! marmonna-t-elle en lui tournant le dos. J'ai l'impression d'être une parfaite idiote.

Il poussa un soupir.

— Je voulais juste t'aider, mais… j'ai cédé à la tentation.

— C'est donc juste que j'étais là au bon endroit, au bon moment. Tu t'es dit que je ferais l'affaire.

— Ça n'a pas été comme ça pour moi.

Les joues de Jacquelyn s'enflammèrent et des étincelles s'allumèrent dans ses prunelles bleues. S'il avait espéré se faire mieux comprendre, c'était raté. Il s'engageait sur un terrain glissant, comprit-il, maudissant cette terrible situation et le fait que Jacquelyn soit désormais mêlée à tout ça.

— En tout cas c'est l'impression que j'ai, donc tu imagines ce que je ressens ?

Il sentit son ventre se nouer. Elle avait tout misé sur lui et il l'avait vraiment blessée.

Même après toutes ses années, son talon d'Achille le faisait encore souffrir ; cette terrible culpabilité qui ne le quittait jamais. Il aurait dû être en train de fixer les limites avec le frère de Maria au lieu de se disputer avec une femme comme Jacquelyn. Elle était trop gentille pour ça. Bien trop gentille. Elle n'était pas Maria…

— Maintenant oui, répondit-il. Mais je n'ai jamais pensé que « tu ferais l'affaire ». Tu es bien plus que ça pour moi.

Il se retrouvait dans une impasse, et sentit qu'il devait lui dire les mots qui restaient bloqués dans sa gorge.

— Je t'apprécie beaucoup, Jacquelyn.

C'était autant une révélation pour lui que pour elle, mais au moment où ces paroles franchirent ses lèvres, il comprit qu'il les pensait.

— Tu *m'apprécies beaucoup* ?

Manifestement, il s'était de nouveau fourvoyé. Quoi qu'elle ait voulu entendre, ce n'était pas ça. Il la vit serrer les dents et plisser les yeux. Si elle s'était mise à l'injurier, il n'aurait pas pu se sentir plus mal.

— Oui, assura-t-il d'un ton guindé.

Il voulait la traiter bien. Et si sa société était si importante à ses yeux, il pourrait se rattraper en l'aidant. Il pouvait faire une exception à ses propres règles et lui donner une chance. Cela ne lui coûterait pas grand-chose : quelques faveurs à demander…

— Tout ce que j'ai dit, c'est qu'Ariana n'apporterait rien de bon à House. Cependant, je connais de nombreux autres investisseurs qui seraient peut-être intéressés et accepteraient de te parrainer. Tu pourrais aussi travailler avec un publicitaire – Rebrand, par exemple. Je peux organiser un rendez-vous aujourd'hui, si tu veux. Maintenant, même…

Elle se tenait les bras croisés autour de sa poitrine en un geste protecteur, et il effleura sa peau nue.

— Allez. Je sais que cela te paraît désastreux, mais qu'as-tu à perdre ?

— Tu n'as pas idée, souffla-t-elle.

Il lui avait causé beaucoup de tort. Bien plus qu'il ne l'avait imaginé, mais il essayait de se rattraper en lui offrant ce qu'il n'avait jamais offert à quiconque. Il ne fournissait pas de recommandations personnelles, d'habitude. Et pourtant, il était décidé maintenant à lui ouvrir son carnet d'adresses.

C'était le moins qu'il puisse faire.

— Je dois me rendre à New York. Mon comptable m'attend et je ne peux pas reculer mon rendez-vous. Veux-tu venir avec moi ?

En lui faisant cette proposition, Nikos se sentit gagné par un enthousiasme qui ne lui ressemblait pas. La pensée de passer plus de temps avec Jacquelyn l'enchantait.

— Non, non. Ce ne sont que des mots. Je ne vais pas prendre un autre avion et perdre une nouvelle fois mon temps.

— Ce ne sera pas une perte de temps, Jacquelyn.

— Vraiment ? Tu t'attends à ce que je te croie ?

Elle aurait dû être ravie de ce voyage, au lieu de réagir ainsi. Ne réalisait-elle pas ce qu'il lui proposait ? Ce n'était pas un nouveau subterfuge. C'était un service qu'il pouvait et voulait lui rendre.

— Oui.

Il la vit hésiter, le doute s'immisçant peu à peu dans son esprit. Puis elle se ressaisit et se redressa d'un air hautain, ce qui la rendit encore plus désirable à ses yeux.

— Qu'est-ce qui a changé ? demanda-t-elle.

Il la regarda, absorbant les traits de son visage – les lèvres qu'il avait embrassées, les yeux qui s'étaient remplis de larmes. Il rêvait qu'elle le tienne à nouveau dans ses bras, voulant ressentir une fois de plus cette chaleur, absente de sa vie depuis trop longtemps. Il ne comptait pas s'en passer, pas quand cela lui était offert par une femme comme elle.

— Je te respecte. Je respecte le fait que tu sois toujours

ici. Tu t'es retrouvée nez à nez avec des gangsters et tu n'es pas partie en courant, paniquée. Cela en dit long.

Quand elle releva le menton, il fut conforté dans l'idée qu'il avait raison. Il pouvait lui faire confiance.

— Ce n'est pas parce que je ne suis pas partie en hurlant que je souhaite poursuivre cette mascarade, rétorqua-t-elle. Je ne suis pas venue ici pour ça et il n'est pas question que je te suive à New York où je risque de rencontrer d'autres truands.

— Tu as raison, murmura-t-il. Et je vais m'occuper de cette histoire. Je ne peux pas continuer à vivre avec cette épée de Damoclès au-dessus de la tête.

— Que vas-tu faire ?

— Je ne sais pas encore. Je ne peux pas dénoncer mon père, mais je ne peux pas non plus continuer à faire semblant de ne pas être au courant de ses activités, passées ou présentes. Mais ne t'inquiète pas, ajouta-t-il. Il ne se passera rien à New York, je te le promets.

9.

La fraîcheur de l'air climatisé l'entoura telle une ondée apaisante dès qu'elle pénétra dans le vaste et étincelant gratte-ciel de Manhattan. Des dizaines de personnes se croisaient dans un véritable tourbillon, traversant le bâtiment d'un pas confiant et prenant des ascenseurs de verre qui les conduisaient aux étages supérieurs.

Debout près de Nikos, Jacquelyn était si proche de lui qu'elle pouvait apercevoir la minuscule spirale du symbole sanscrit qui dépassait de son col de chemise et serpentait jusqu'à sa nuque. Elle avait été fascinée par ce tatouage, l'avait embrassé et comparé aux autres qui recouvraient diverses parties de son dos et de son torse. Mais ça, c'était avant.

Maintenant, elle allait saisir toutes les chances qui se présenteraient à elle pour tenter de sauver son entreprise. C'était le début d'une formidable aventure. Ici, tout devenait possible.

Elle serra son pull en cachemire sur ses épaules, reconnaissante à Nikos de lui avoir fourni à la hâte une garde-robe luxueuse. C'était « un investissement pour le futur » lui avait-il dit, rejetant son indignation initiale à l'idée qu'il lui fasse la charité, surtout quand cela impliquait de faire des choix vestimentaires à sa place.

Il avait eu raison. Elle ne pouvait pas arriver à Manhattan vêtue d'une robe d'été froissée. Elle avait donc accepté les boîtes et les sacs qui lui avaient été livrés et caressé les magnifiques chemisiers en soie de diverses couleurs, les gilets en cachemire et les jupes droites, les escarpins vernis, les foulards et les sacs à main qui composaient sa nouvelle garde-robe. Sans oublier des sous-vêtements et des collants en dentelle. Pour quelqu'un qui cousait d'habitude ses propres tenues, elle était gâtée.

— J'ai beaucoup de choses à rattraper ; je te laisserai donc avec Lauren pendant une bonne partie de la matinée, l'informa Nikos tandis qu'ils avançaient sur les épais tapis de ses bureaux.

Celui-ci, très séduisant dans son costume gris anthracite et sa chemise bleu pâle, souriait à tout le monde, et on lui rendait son sourire.

— Profite de chaque instant. Chaque personne que tu rencontreras t'en fera connaître dix autres. À tout le moins, tu rencontreras des gens au sommet de leur art. Tu rentreras en Angleterre avec une nouvelle stratégie et une nouvelle image, et peut-être des fournisseurs, un styliste, qui sait… ?

Il s'arrêta devant un bureau derrière lequel était assise une jolie jeune femme qui le regarda avec chaleur, nota Jacquelyn.

— Des messages ? demanda-t-il en prenant la tablette qu'elle lui présentait.

— Oh ! pas grand-chose. Vous avez été absent pendant quatre jours, donc je dirais environ quatre cents.

— Tout à fait dans vos cordes, Lauren. Laissez-moi vous présenter Jacquelyn Jones. Vos extraordinaires compétences organisationnelles seront mises à l'épreuve car je vais vous demander de mettre en place son planning des prochains jours. Et d'ajuster le mien. Je veux que Jacquelyn m'accompagne au gala demain soir et au dîner avec Kostas.

— J'ai déjà commencé, assura Lauren en jetant un

coup d'œil sur l'écran, puis sur elle. J'ai pris un rendez-vous chez Monique sur Madison Avenue.

— Bon choix, dit Nikos en parcourant d'un air absent ses messages. Quoi d'autre ?

— J'ai prévu pour cet après-midi une avant-première du Salon du mariage, puis un créneau avec l'équipe de House…

La voix de Lauren avait pris un ton interrogateur, nota Jacquelyn, et les doigts de Nikos s'étaient figés sur l'écran.

— L'équipe de House ? Je préférerais que Jacquelyn s'associe à une agence externe. Essayez Cube. Et pour le dîner, réservez une table chez Joro pour 20 heures.

— Bien sûr. Et une suite dans quel hôtel… ?

Il lui rendit la tablette.

— J'ai vérifié mon agenda. Je n'ai pas de réunion prévue avec Mark. Organisez-en une pour ce matin. Et inutile de réserver une suite. Jacquelyn résidera chez moi.

Là-dessus, il tourna les talons.

— Trouvez Mark. Je me moque de savoir où il est. Je dois le voir maintenant ! lança-t-il encore par-dessus son épaule.

Jacquelyn le regarda s'éloigner, bouche bée. Voici donc à quoi ressemblait un P-DG dans son environnement habituel. Tout le monde s'agitait autour de lui, s'empressant de suivre ses ordres. Diriger et commander, telle semblait être sa devise. Eh bien, pas avec elle !

Elle aurait dû avoir une conversation avec lui à propos de ses modalités d'hébergement. Mais dès que l'occasion se présenterait, elle lui dirait qu'elle souhaitait des chambres séparées. Il n'était pas question de céder une nouvelle fois à la tentation…

Les heures passant, elle s'était mise à regretter le moment où elle avait abandonné les principes qui l'avaient protégée toute sa vie. Et pourtant, elle avait connu le plaisir comme jamais auparavant et en avait été profondément bouleversée. Mais pour Nikos, cela n'avait été qu'une aventure comme les autres.

Et peut-être en voulait-il plus mais, dans ce cas, il devrait aller chercher ailleurs…

— Bienvenue chez House ! lui annonça la jeune femme avec un sourire lumineux, avant de décrocher son téléphone. Votre planning sera organisé dans l'heure. Mark, Nikos veut vous voir immédiatement…

Lauren se leva – petit lutin plein de dynamisme et de vitalité –, et Jacquelyn ressentit une bouffée de jalousie, se demandant à quel point elle connaissait la vie personnelle de Nikos.

— Je vous emmène dans la suite Bien-Être.

L'entrée était bordée, d'un côté, de portes en merisier et, de l'autre, de parois en verre derrière lesquelles des gens assis à leurs bureaux discutaient d'un air affairé et résolu.

Jacquelyn avait déjà dû appeler Victor pour lui demander de se focaliser uniquement sur les deux commandes en attente. Elle avait été effondrée en entendant la note de déception dans sa voix quand elle lui avait annoncé qu'elle ne pouvait pas encore lui confirmer ce qu'il adviendrait de leur collection et de l'équipe de couturières, mais ils savaient tous les deux qu'à moins d'un miracle il n'y avait plus d'argent pour payer leurs salaires.

— Travaillez-vous pour Nikos depuis longtemps ? s'entendit-elle demander à Lauren tandis qu'elles longeaient le couloir.

— Quatre ans. Je l'ai rencontré quand j'étais étudiante à Athènes. Il parraine dix étudiants par an et j'étais une des chanceuses. On m'a proposé un stage ici pendant que j'obtenais mon MBA à Harvard. C'est un patron fantastique. Je ne pourrais imaginer travailler pour quelqu'un de plus compétent.

Elles s'arrêtèrent devant un immense espace ouvert où un coin cuisine rutilant, une grande table en bois et un équipement de gym lui indiquèrent qu'elles étaient arrivées à la suite Bien-Être.

— C'est merveilleux ! s'écria Jacquelyn. Vous pouvez venir ici quand vous voulez ?

— Oui, nous utilisons cette salle lors des petites pauses durant la journée. Nous avons aussi une vraie salle de gym, un bar à jus et une cafétéria. Et, bien sûr, nous avons accès aux mêmes avantages que le personnel de House.

Jetant un regard autour d'elle, Jacquelyn songea aux pauvres filles qui travaillaient à l'usine de coupe, dans un entrepôt situé à l'extérieur de la ville. Elles étaient si dévouées à Ariana ! Lorsque, en plein hiver, le chauffage était tombé en panne, elles avaient mis des mitaines pendant que Jacquelyn installait des radiateurs électriques en attendant le réparateur. Elles faisaient sans rechigner des heures supplémentaires dès que nécessaire. Et maintenant, si elle ne rentrait pas avec une bonne nouvelle, elles risquaient de perdre leur travail.

— Oui, c'est un endroit merveilleux où travailler, reprit Lauren. Nikos est un employeur très attentionné. Cela dit, ce qu'il fait pour vous est une première. Vous avez dû faire très forte impression sur lui.

— J'essaye juste de sauver mon entreprise. J'accepterai toute l'aide qu'on me donne, dit-elle d'une voix dure qui brisa l'ambiance bon enfant qui prévalait dans cet espace.

— Nikos vous aidera au mieux, répondit Lauren en souriant gentiment. Il est unique en son genre. Ce qui est surprenant, en revanche, c'est qu'il veuille aider quelqu'un dont il est proche, même si je trouve ça formidable. C'est la chose qu'il nous répète sans cesse. On ne mélange pas vie personnelle et vie professionnelle. Pas de relations amoureuses, pas de faveurs pour des amis. *Nada*.

— Je ne suis pas son amie, répondit-elle, se demandant ce qu'elle était pour lui. Je suis…

— Oh ! je vous en prie, ce ne sont pas mes affaires. Une autre ligne que je ne franchis jamais.

Jacquelyn ouvrait la bouche pour répondre quand son portable sonna et l'appel qu'elle redoutait tant s'afficha sur l'écran.

— Bonjour, papa, dit-elle en s'éloignant de Lauren pour s'approcher d'une coupe remplie de fruits.

Elle n'avait pas besoin de vérifier sa montre pour savoir qu'il était 15 heures à Marbella et, qu'après avoir joué au golf ce matin, son père et sa mère savouraient un repas léger sur leur terrasse en lisant les journaux anglais et en discutant de leurs projets pour la soirée.

— Bonjour, ma chérie. Je pensais t'appeler pour savoir comment tu allais.

Jacquelyn saisit une orange et toucha sa peau rugueuse, imaginant son père debout devant le bar de la cuisine, sa mère à côté de lui et, derrière eux, la montagne et le ciel bleu.

— Oh ! c'est gentil ! Et vous, comment allez-vous ? Fait-il toujours aussi chaud ? Cela fait des semaines qu'on n'a pas eu une goutte de pluie ici. J'attends l'hiver avec impatience.

Elle posa l'orange et saisit un autre fruit qu'elle ne connaissait pas. Le fin duvet sur sa peau lui parut étrange tandis qu'elle le faisait rouler dans sa paume.

— Oui, il fait chaud ici aussi. Alors, comment s'est passée la soirée de gala ?

— Comme d'habitude. Le repas était excellent, mais l'orchestre était différent cette année. Il y avait de nouveaux visages, mais beaucoup de gens que tu connaissais. J'ai rencontré Martin Lopez. Il m'a demandé de tes nouvelles. Il part bientôt à la retraite, lui aussi.

— C'est vrai ? Peut-être viendra-t-il faire une partie de golf avec moi ?

— Peut-être.

Au ton de sa voix, elle savait qu'il guettait le moment de lui poser la question qui l'intéressait.

— J'ai appris que Tim Brinley avait reçu une distinction. J'espère que personne n'a applaudi.

— Effectivement, et il a essayé de me parler à cette occasion. Il voulait s'excuser. Je ne lui en veux pas, papa.

— Il ne t'a jamais méritée, répondit son père d'un ton bourru. Et l'Australien ? Il était là ?

Et voilà… Sa voix avait beau s'être affaiblie avec l'âge, il était toujours aussi vif. Jacquelyn grimaça. Ce n'était qu'une question de temps avant qu'il n'apprenne qu'elle avait été vue en compagnie de Nikos ou qu'elle avait appelé Victor pour lui dire qu'elle était à New York.

— Oui, Nikos Karellis était là. Il remettait une distinction, dit-elle d'une voix neutre. Martin Lopez nous a présentés et nous avons parlé affaires. J'ai pensé à lui comme investisseur, mais cela ne s'est pas fait.

Son père ne répondit pas, elle sut alors qu'elle n'échapperait pas à ses questions. Ses parents devaient savoir autre chose, songea-t-elle. Les gens tiraient souvent des conclusions hâtives.

— Barbara vous a-t-elle appelés ? demanda-t-elle soudain.

— Hier après-midi. Je crois qu'elle s'inquiète pour toi.

— Si seulement elle pouvait se mêler de ses affaires !

Une fois de plus, son père ne répondit pas et le silence devint pesant. Elle s'imaginait l'expression inquiète de sa mère tandis qu'elle écoutait la conversation. Et la façon dont son père devait la serrer contre lui. Ils avaient dû en parler toute la journée, se demandant s'ils devaient l'appeler ou au contraire la laisser tranquille. Et, finalement, ils avaient pris leur décision.

— Les gens veulent faire au mieux, mais il s'agit de ton entreprise, maintenant. C'est toi qui dois prendre les grandes décisions.

La première fois que son père lui avait dit ces mots, elle s'était sentie euphorique. Maintenant, en revanche, elle était fatiguée et lasse, comme si elle portait tout le poids du monde sur ses épaules, et chaque pas était un effort.

— C'est ce que j'essaye de faire, papa, répondit-elle du ton assuré qu'elle employait dans ces circonstances.

Elle reposa le fruit dans la coupe et s'éloigna de la table quand quelqu'un vint se verser une tasse de café.

— Et où es-tu, en ce moment ?

Elle leva les yeux. La ville était visible à travers les fenêtres panoramiques. Elle avait l'impression d'être un poisson dans un bocal, regardant un monde qu'elle voyait mais ne pouvait pas réellement toucher. Ses parents ne comprendraient jamais ce qu'elle espérait obtenir ici. Mais il ne servait à rien de faire semblant.

— Je suis à New York.

Elle entendit son père répéter l'information à sa mère. Il n'était jamais en colère contre elle. Jamais. Elle ne le supporterait pas, et le décevoir lui était très douloureux. Lorsque Tim l'avait quittée, elle avait été aussi triste pour elle que pour ses parents.

La honte, la culpabilité l'avaient brisée.

— Tu es là-bas en vacances ? Avec qui ?

Elle baissa les yeux sur ses vêtements sophistiqués – les escarpins, la jupe droite et le superbe chemisier de soie bleue. Ce qui lui avait semblé être une garde-robe de conte de fées paraissait maintenant dérisoire et décalé.

Qu'avait-elle imaginé en venant ici, à New York ?

Elle tint le téléphone serré contre son oreille, comme si elle pouvait par ce geste étouffer le monde dans lequel elle se trouvait et le garder secret, cachant à ses parents qu'elle avait conclu un pacte inavouable avec Nikos, un pacte qui impliquait une clause non écrite…

— Je ne suis pas en vacances, mais en voyage d'affaires. C'est un peu compliqué…

— Tu n'as pas dit avec qui tu étais, Jacquelyn.

Elle se mordit la lèvre.

— Es-tu avec Karellis ?

Elle hochait la tête quand on posa une tasse de café devant elle. Soudain, un bras se posa sur son épaule et une douce chaleur l'enveloppa, lui donnant force et courage.

— Je suis au siège social de House, papa, répondit-elle en jetant un coup d'œil à Nikos.

Chaque parcelle de son corps vibrait pour lui. C'était ce qui arrivait lorsqu'on couchait avec quelqu'un, comprit-elle. Il était son premier amant et elle serait liée à lui à jamais, même si lui n'en avait pas conscience. Elle s'était préservée pendant si longtemps et, en une nuit, elle avait abandonné ses principes en s'offrant à Nikos. Désormais, il ne lui resterait plus que des souvenirs et non une vie remplie d'amour, comme elle se l'était toujours imaginé.

— Que diable fais-tu là-bas ? Si ta conversation avec lui n'a abouti à rien, pourquoi la poursuivre à New York ?

Une larme perla à ses paupières et elle se secoua. Se montrer faible maintenant était bien la dernière chose qu'elle pouvait se permettre. Elle était ici pour affaires, rien d'autre.

— Je vais rencontrer des personnes qui pourraient être profitables à Ariana. House ne convient pas, comme je l'ai déjà dit, mais il y a d'autres possibilités.

Nikos avait ouvert la porte du réfrigérateur et restait immobile comme s'il cherchait quelque chose, mais elle devina qu'il écoutait sa conversation. Il en sortit une carafe et se versa un verre de jus de carotte, puis saisit un muffin, se déplaçant avec la lenteur et la grâce d'un félin.

— Tu avais besoin d'aller à New York pour ça ?

— Ce sont des possibilités trop alléchantes pour les laisser passer. Mais je me donne deux ou trois jours, pas plus, et si cela ne va pas, je rentrerai au plus vite.

Elle voulait jeter un coup d'œil à Nikos pour voir sa réaction, mais elle se retint.

— Ce n'est pas une autre de tes idées ridicules, j'espère ? As-tu une relation avec cet homme, Jacquelyn ?

Elle entendit la voix étouffée de sa mère, puis un grésillement dans le téléphone.

— Jacquelyn ? C'est maman. Est-ce que ça va, ma chérie ? Je suis inquiète pour toi.

Cette fois, elle n'y tint plus : elle jeta un regard en coin à Nikos. Il avait reposé son verre et la fixait, les bras croisés.

— Maman, j'ai vingt-cinq ans et je suis plus que capable de prendre soin de moi.

— Mais, insista sa mère, tu étais avec ce Nikos ! C'est un séducteur, Jacquelyn. Il te fera souffrir. Je ne veux pas te voir à nouveau bouleversée, c'est tout.

— Arrête de t'inquiéter pour moi ! Je n'entretiens pas de relation amoureuse ou quoi que ce soit avec lui. Rien ne pourrait être plus éloigné de la vérité.

Elle s'était tournée vers la fenêtre pour étouffer ses paroles mais, lorsqu'elle releva la tête, elle sut qu'il les avait entendues. Le verre de jus de carotte à moitié bu était posé sur le comptoir, le muffin était intact, et seul le bleu de sa chemise était visible tandis qu'il s'éloignait dans le corridor sombre. Un rayon de lumière éclaira un instant le tapis puis disparut lorsque Nikos franchit une porte et la referma derrière lui.

10.

Nikos tapota des doigts sur la table, tout en scrutant le visage indéchiffrable de Mark.

— Tu en es sûr ?

— J'en ai peur. Le fisc croit toujours que tu blanchis de l'argent. J'ai parlé à mon contact et lui ai dit que nous avions des preuves que c'était Maria qui investissait dans une société écran et que cette société n'existait plus, mais ils continuent à enquêter. Ce n'est pas ce que tu voulais entendre, je sais.

— Je veux savoir ce qui se passe pour que je puisse enfin en finir et passer à autre chose. Je ferais don de cet argent aux sociétés caritatives si…

— … tu savais combien il y a à donner.

Nikos saisit à nouveau les papiers qu'il avait trouvés dans le coffre-fort et les parcourut.

— Ces papiers ne valent rien ? Il était donc inutile pour moi de me rendre en Grèce pour les trouver ?

— Je n'irais pas jusque-là, mais ils ne sont probablement que la partie visible de l'iceberg. Ton épouse était une femme au passé compliqué et il y a toutes les chances qu'elle ait été impliquée dans d'autres affaires louches.

— Je n'arrive pas à croire que je n'aie rien remarqué !

— Pour ça, il aurait fallu que tu suives ses faits et gestes vingt-quatre heures sur vingt-quatre.

— Je n'aurais jamais fait cela. On ne mêle pas le plaisir aux affaires…

— Les affaires te procurent pourtant beaucoup de plaisir, mon ami. C'est juste que certaines formes de plaisir ne font pas bon ménage avec les affaires.

— À qui le dis-tu !

Nikos vérifia sa montre et leva les yeux vers l'entrée du restaurant. Jacquelyn était en retard, ce qui ne faisait qu'ajouter à son inquiétude. Il se sentait responsable d'elle. Sans parler du trouble qu'elle avait jeté dans son esprit, qui ne faisait que croître et étouffait toutes ses autres pensées. Des pensées capitales, comme faire appel à ses souvenirs pour se rappeler comment Maria aurait pu cacher l'argent. Lorsqu'il l'avait rencontrée, elle jouait un grand rôle dans les affaires de son mari, trop malade pour travailler. Et elle ne faisait confiance à personne.

Mais elle s'était montrée vague à ce sujet, et ce que Nikos avait pris pour un manque d'intérêt n'avait été peut-être qu'un écran de fumée. Toujours suspicieuse, elle regardait toujours par-dessus son épaule – et avec raison, sûrement.

Il se creusa de nouveau la tête. Ses premières mesures avaient été de mettre de l'ordre dans les affaires de l'ex-mari de sa femme. Maria l'avait rassuré en lui disant qu'elle gérait son argent personnel et il n'avait pas insisté. Il lui avait fait confiance. Il n'avait jamais surveillé ses appels téléphoniques, ne l'avait jamais fait suivre ni n'avait fouillé ses affaires. Elle, en revanche, ne s'était pas gênée, se montrant follement jalouse quand il parlait à d'autres femmes. Le nombre de fois où il avait subi sa colère, et même parfois ses coups, sans réagir était incalculable. Parce que, contrairement à son père, il se refusait à lever la main sur une femme.

L'image de sa mère lui vint soudain à l'esprit. Son

sourire. Elle était si jolie ! Mais c'étaient ces nuits dont il se souvenait le plus… Le vrombissement de la moto au loin, qui s'approchait ; il priait pour qu'elle poursuive son chemin, mais elle s'arrêtait devant la maison ; les pas de son père dans l'allée, les marches qui grinçaient tandis que celui-ci les gravissait d'un pas lourd ; Nikos tendait l'oreille pour les entendre par-dessus les battements de son cœur. Les petites prières qu'il répétait sans cesse comme une litanie.

Cela commençait toujours de façon assez paisible. Puis il entendait des voix. Même enfoui sous la couette, il les entendait crier. Puis la voix de sa mère, s'adressant à lui faisant savoir qu'elle allait bien malgré les coups qui pleuvaient sur elle…

— Tu vas bien ?

Nikos leva la tête, et revint à la réalité.

— Je suis désolée d'être en retard, mais j'ai été retenue.

Jacquelyn se tenait devant lui, sublime. Il la dévora des yeux – son sourire lumineux, l'intensité de son regard bleu, ses joues colorées. C'était comme si le printemps était soudain entré dans sa vie.

— Pas de souci. Assieds-toi.

Il se leva et lui tira un siège, heureux de voir qu'elle portait la robe en soie bleue qui mettait en valeur ses bras et ses jambes minces et révélait la naissance de ses seins. Il ressentit une bouffée de désir qu'il n'avait pas l'intention d'étouffer.

Elle s'assit et posa son sac et son attaché-case sur le siège à côté d'elle, puis leva les yeux vers Mark.

Nikos fit les présentations.

— Mark est mon comptable, ajouta-t-il. Nous venons de finir notre réunion, donc tu es pile à l'heure.

— Oh ! vous ne dînez pas avec nous ? s'enquit-elle en serrant la main de Mark. Je serai ravie de parcourir mes notes. J'ai appris beaucoup de choses aujourd'hui et j'ai du travail à faire, donc je ne vous dérangerai pas.

— Non, Mark doit s'en aller, intervint Nikos.

Avoir Mark dans ses pattes était bien la dernière chose qu'il voulait. Il se faisait une joie de la revoir depuis qu'il l'avait quittée le matin même, après l'avoir entendue dire au téléphone qu'elle n'entretenait pas de liaison avec lui. Ces quelques mots l'avaient beaucoup éclairé. En effet, jusqu'à ce moment, il ne s'était pas rendu compte à quel point il voulait entamer une relation amoureuse avec une femme – même maintenant, alors que ce n'était franchement pas le moment. Et dire qu'elle l'avait éconduit au téléphone !

— J'adorerais rester, mais mon patron a d'autres projets pour moi, répondit Mark.

— Mets une équipe là-dessus. Tes meilleurs éléments et les plus discrets, mais fais ça en interne.

— C'est prévu. Je te tiens au courant.

Nikos lui serra la main.

— Es-tu sûre d'aller bien ? s'inquiéta Jacquelyn quand ils furent seuls. Tu paraissais être en état de choc quand je suis entrée. As-tu reçu des mauvaises nouvelles ?

— Pas très bonnes, mais je vais régler ça.

— Cela a-t-il un rapport avec les hommes qui sont venus à la villa ?

Il s'enfonça dans son fauteuil et balaya la salle du regard.

— Tu recommences à surveiller les alentours comme un agent secret, dit-elle. Non pas que je te le reproche, mais…

— Je fais ça ? s'étonna Nikos.

— Depuis le jour où tu es venue me chercher pour aller à l'aéroport. En même temps, il n'y a rien d'étonnant à cela. Un brillant homme d'affaires comme toi doit se protéger des parasites en tout genre.

— C'est gentil, mais tous les hommes d'affaires n'attirent pas autant les difficultés que moi dans leur vie.

— Tu n'es pas responsable de l'endroit où tu es né et as été élevé.

— Non, mais je suis responsable de mes choix, et notamment de la femme que j'ai choisi d'épouser.

L'espace d'un instant, il ressentit un grand désarroi. Était-ce vraiment lui qui avait épousé Maria ? Il avait l'impression qu'il s'agissait non seulement d'une vie différente, mais aussi d'un homme différent. Il était si loin de tout ça désormais qu'il ne pouvait imaginer refaire une telle erreur.

— Je suis sûre que tu referas un très bon choix.

Lorsqu'elle baissa les yeux, il admira ses longs cils et les traits fins de son visage, et quand elle le dévisagea à nouveau, son regard était posé et droit.

— Je peux t'assurer que je ne me marierai plus jamais. Cinq ans après la mort de Maria, je dois encore ramasser les morceaux… Si je les trouve !

— Je vois.

— Je parle par métaphores, tu sais.

— Ce ne sont pas mes affaires.

— Peut-être pas, mais tu es déjà au courant de beaucoup de choses. Je suis allé en Grèce pour trouver des papiers concernant un placement de Maria, mais il se trouve qu'elle en avait fait d'autres. L'argent est parti dans tous les sens et le fisc veut sa part.

— Quelqu'un doit pourtant bien savoir où est passé l'argent.

— Effectivement.

Il réfléchit à la question. Quelqu'un devait encaisser des dividendes. Ce n'était pas possible que personne ne sache ce qu'il se passait.

— Ces types qui sont venus chez toi, ont-ils quelque

chose à voir avec l'ensemble des placements ou juste un seul ?

— J'aimerais bien le savoir !

— Ne crois-tu pas que tu devrais prévenir la police ?

— Il n'y a aucune garantie que la police puisse résoudre cette affaire. Cela risque même d'empirer les choses.

— Mais tu ne peux pas gérer tout ça seul.

Bien sûr qu'il avait peur et qu'il se rendait compte que la situation devenait incontrôlable. Mais avertir la police… Les choses n'étaient pas si simples. Il devait penser à sa mère mourante, à son personnel, et même à Jacquelyn. Des innocents se transformaient facilement en victimes dans ce genre de guerre mafieuse.

— Bref, dit-il, désireux de changer la conversation. Comment s'est passée ta journée ?

Il parlait d'un ton léger, faisant de son mieux pour paraître enjoué et intéressé. Il voulait que Jacquelyn pense que son voyage en valait la peine, il voulait la rendre heureuse et voir son joli visage s'illuminer.

— Je n'y croyais pas. Les gens que j'ai rencontrés étaient tous très bien, mais quand Brody m'a fait cette offre, j'ai été stupéfaite. J'étais si pressée de venir te raconter.

Elle parlait avec enthousiasme et il commençait tout juste à prendre la mesure de ses paroles.

— Brody de l'agence Cube t'a fait une offre ? L'agence de marketing numérique ?

— Oui, répondit-elle, rayonnante.

Il sentit la colère monter en lui. Le visage de Jacquelyn était radieux et c'était Brody qui avait réussi ce tour de force.

— Il m'a fait une proposition dont je n'aurais pas osé rêver. J'ai fait sa connaissance cet après-midi, au Salon du mariage. Lauren l'a prévenu que je serais là et il s'est plié en quatre pour moi.

— Je n'en doute pas une seconde,

Il remplit leurs verres d'eau, même si le serveur l'avait fait quelques instants plus tôt. Mais il devait occuper ses mains pour éviter d'agir de façon inconsidérée.

— Oui. Tu le connais ? Mais bien sûr. C'est toi qui as organisé la réunion. Je t'en suis très reconnaissante.

Elle se pencha vers lui comme pour l'embrasser, puis sembla se raviser. Il y eut un moment de flottement qui le rendit plus furieux encore.

— Tu me remercieras plus tard, quand je saurai en quoi consiste cette offre extraordinaire.

— Il veut investir dans ma société. Il me propose un million de livres et demande dix pour cent en contrepartie.

— Dix pour cent de quoi ? De l'entreprise, des bénéfices, ou des deux ?

— De l'entreprise, je crois.

— Tu n'as rien signé encore, j'espère ?

Il était de plus en plus furieux contre Brody, réalisa-t-il. Il aurait pourtant dû être heureux pour elle.

— Non, non. Pourquoi ?

Quand elle se renfonça dans son siège, l'air abattu, il se fit l'effet d'un monstre.

— Crois-tu que ce soit une mauvaise idée ? Il s'est montré si encourageant…

— Dis-moi exactement comment cela s'est passé.

Elle regarda autour d'elle, comme si la réponse à sa question se trouvait dans cette salle remplie de gens en train de savourer des fruits de mer, comme si l'un d'entre eux allait l'aider à résoudre son problème.

— Je l'ai rencontré au Salon. Je lui ai dit pourquoi j'étais là…

— Tu lui as dit que toi et moi… ?

Lorsqu'elle posa la main sur sa poitrine, l'air à la fois blessé et horrifié, il sentit son ventre se nouer. Seigneur, il ferait n'importe quoi pour cette femme ! Et ce crétin de Brody serait réduit en poussière bien avant qu'il n'ait terminé.

— Non, bien sûr que non !

Ses yeux s'étaient remplis de larmes. Bouleversé, il prit sa main et mêla ses doigts aux siens. Elle ne retira pas sa main, mais ne croisa pas son regard, ce qui le blessa.

— Je t'ai déjà dit que je regrettais ce qu'il s'était passé entre nous. Pourquoi en parlerais-je à qui que ce soit ?

Elle essaya de retirer sa main, mais il l'en empêcha. Se penchant en avant, il lui souleva doucement le menton.

— Pas moi. Je ne regrette rien. J'aurais juste souhaité que les choses soient différentes entre nous parce que j'aurais bien aimé sortir avec toi.

Elle leva enfin les yeux.

— Je ne vois pas comment cela pourrait arriver.

— La vie réserve parfois des surprises. Je reconnais que je ne me suis pas bien comporté, mais je n'ai pas dit mon dernier mot. J'essaye toujours de m'améliorer…

— Comme tout le monde. C'est la raison pour laquelle je suis venue ici.

Il hocha la tête. Une part de lui voulait croire qu'elle était venue à cause de lui, mais il avait perdu tout espoir après l'avoir si mal traitée.

— Bon, ton nouvel investisseur… Raconte-moi la suite.

Elle s'adossa à son siège, le visage à nouveau serein, mais beaucoup moins enthousiaste.

— Je lui ai raconté l'histoire d'Ariana. Ma grand-mère, mon père, la fameuse coupe Jones, et combien les choses étaient désormais difficiles avec la concurrence de la Chine… Et aussi l'erreur que j'ai faite d'avoir développé la société trop vite.

— Et il t'a offert un million juste comme ça ?

Elle but une gorgée de vin.

— Non, je lui ai dit que j'avais du mal à dessiner de nouvelles robes depuis ma séparation d'avec Tim.

— Tu lui as parlé de ton ex ?

Pourquoi une telle révélation lui faisait si mal ? se demanda Nikos. Pourquoi cela le dérangeait-il qu'elle se soit confiée à Brody, alors qu'elle avait à peine tiqué quand lui-même avait mentionné son nom ?

— Oui. Je lui ai dit qu'il m'avait brisé le cœur et que je peinais depuis à reprendre le dessus car je travaillais dans un domaine qui me rappelait quotidiennement mon échec. Puis l'entreprise a subi des revers et j'ai dû me charger à nouveau de la création.

— Tu as raconté tout ça à Brody ? Et comment a-t-il réagi ? Ne crains-tu qu'il profite de toi ?

En proie à une jalousie irrationnelle, il eut du mal à se contenir. La pensée du séduisant Brody en train de consoler Jacquelyn en lui promettant de l'aider lui était insupportable.

Il devait se ressaisir, se fustigea-t-il. Il devait oublier Jacquelyn au plus vite, car c'était l'intérêt qu'il avait ressenti à l'époque pour Maria qui l'avait conduit à l'épouser. Jacquelyn Jones n'était pas sa femme. Elle n'était même pas sa petite amie. Si elle voulait raconter son histoire larmoyante à un financier bon teint, c'était son problème.

— C'est un gentleman ! s'indigna-t-elle.

— Ah oui ? Parfait. Je suis ravi pour toi.

Elle se redressa sur son siège.

— Tu es jaloux, dit-elle. Tu ne veux pas faire affaire avec moi, mais tu veux que personne d'autre ne fasse affaire avec moi non plus. Pourquoi ? Pourquoi n'es-tu pas heureux pour moi ? C'est pourtant toi qui as organisé ce rendez-vous.

— Je suis très heureux pour toi, au contraire. Je

suis même ravi. Je veux juste m'assurer que tu obtiens vraiment quelque chose. Je ne veux pas que tu sois déçue.

Furieuse, elle jeta sa serviette sur la table.

— Tu as vraiment une mauvaise opinion de moi ! Je ne m'en étais pas rendu compte jusqu'à maintenant.

Il secoua la tête.

— Non, j'ai une très bonne opinion de toi. Je crois juste que ton entreprise ne va pas dans la bonne direction.

— Brody a tout de suite vu la cause du problème. Il a vu ce que j'essayais de faire et m'a dit de me concentrer sur mes dessins.

— Nous avions déjà décidé qu'il te fallait un styliste, mais que tu n'avais pas les moyens d'en embaucher un. Tu as dit toi-même que dessiner était devenu ton talon d'Achille.

— Plus maintenant. Brody a vu mes croquis et il les trouve merveilleux.

Sa jalousie se raviva. Il avait vu les croquis de Jacquelyn et les avait trouvés médiocres.

— D'accord, dit-il en levant la main. Si tu ne veux pas écouter mes conseils…

— Mes *nouveaux* croquis. J'en ai fait quatre autres, précisa-t-elle.

— J'aimerais beaucoup les voir.

Sans le quitter des yeux, elle posa ses couverts et sortit sa tablette de son sac. Après l'avoir allumée, elle ouvrit un logiciel de dessin. Des images apparurent sur l'écran – des croquis électroniques de robes de mariée. De vibrants et audacieux coups de crayon s'incurvaient, créant de voluptueuses silhouettes féminines. Ces croquis ne ressemblaient en rien à ceux qu'il avait vus auparavant.

— Je suis impressionné, Jacquelyn. Ces croquis sont superbes et font rêver. Ils donnent envie de se marier.

Est-ce l'effet que tu recherchais ? Si c'est le cas, c'est une réussite.

Il leva les yeux. Elle avait l'air heureuse, nota-t-il, en la voyant rougir de plaisir. Seigneur, il la désirait tellement que ç'en était douloureux. Il voulait la marquer de son empreinte, lui rappeler que c'était lui et lui seul qui l'avait fait crier, hurler sa passion dans ses bras… Il ne voulait pas accorder ce trophée à un autre homme.

Incapable de se retenir, il jeta sa serviette sur la table.

— As-tu assez mangé ?

Il avait faim… d'elle. Son désir était si fort qu'il ne pouvait plus attendre.

Elle le dévisagea d'un air surpris. Il allait devoir se montrer un peu plus romantique, réalisa-t-il, mais le charme dont il usait habituellement l'avait soudain quitté pour faire place à une passion brûlante.

Il lui prit la main.

— Allons-y…

Elle le regarda d'un air stupéfait.

— Ne veux-tu pas en entendre davantage sur Brody et notre accord ?

— Absolument pas. Je veux te parler de tout autre chose.

La main posée sur son bras, puis au creux de son dos dans un geste possessif, il traversa la salle de restaurant sous le regard curieux des clients. Il en reconnut certains, mais il ne voulait parler à personne.

Une fois dehors, il s'arrêta et scruta la rue dans les deux sens. Il avait beau désirer Jacquelyn de toutes les fibres de son corps, il devait toutefois s'assurer de sa sécurité.

Dans la chaleur de cette fin de journée, les gens marchaient tranquillement et les voitures roulaient au pas.

— Marchons. C'est à deux pas d'ici.

— Quoi donc ? interrogea-t-elle en marchant à côté de lui.

Il posa la main sur sa hanche et sentit le mouvement de ses muscles à travers le tissu de sa robe, ce qui fit monter son désir d'un cran.

Non seulement elle ne s'écarta pas mais, au contraire, elle pressa son corps contre le sien, lui faisant comprendre par ce simple geste qu'elle était prête.

11.

Les grilles qui entouraient Central Park s'étendaient à perte de vue, découvrit Jacquelyn.

Ses talons claquaient sur le pavé, faisant écho aux battements frénétiques de son cœur. Que diable lui réservait donc cette fin de journée ? Elle s'était réveillée à bord d'un jet luxueux, s'était glissée dans de somptueux vêtements et voitures, puis était allée de réunion en réunion, avant de dîner dans un restaurant prestigieux. Et maintenant, Nikos l'entraînait vers son appartement, la tenant serrée contre lui comme s'il avait peur que le vent chaud qui soufflait en rafale ne l'emporte.

Tous ses vœux semblaient avoir été exaucés. Ses rêves devenaient enfin réalité. La proposition de Brody dépassait tout ce qu'elle aurait pu imaginer et résoudrait tous ses soucis financiers. Elle pouvait lui faire confiance. C'était un homme honnête, qui montrait de l'intérêt pour sa société et qui croyait en ses capacités et en ses croquis – les meilleurs qu'elle ait faits. Ses mains avaient volé sur les touches comme si elle était possédée, comme si son esprit s'était déconnecté, laissant libre cours à son cœur. Pour la première fois de sa vie, ses dessins lui avaient semblé vivants.

La nuit de noces… Elle savait maintenant comment les choses se seraient déroulées. Elle savait désormais ce que les autres femmes savaient, et lorsque Nikos la serra contre lui, elle sentit son traître de corps réagir aussitôt. Elle devait faire attention. Elle ne pouvait pas se permettre de laisser la situation dégénérer à nouveau. Ils pouvaient s'embrasser, mais c'était tout. Elle devait le lui dire.

— C'est ici, dit-il, la faisant entrer dans un immeuble résidentiel doté d'un élégant auvent vert devant lequel se tenait un concierge en uniforme qui souleva sa casquette pour les saluer.

Ils passèrent devant un immense bouquet de roses et de lis blancs posé sur une majestueuse console, avant d'entrer dans un ascenseur cossu, capitonné de velours.

Lorsque les portes se refermèrent, Nikos étendit le bras et posa son pouce sur un pavé numérique. Aussitôt, une voix artificielle l'accueillit par son nom. Il l'ignora et recula d'un pas, le regard dans le vide. Son bras était toujours serré autour de sa taille, mais il ne fit aucun geste pour la toucher.

— Est-ce que ça va ? demanda-t-elle.

— Très bien. Caméras, souffla-t-il en indiquant d'un geste de la tête le coin de la cabine.

L'ascenseur s'arrêta. Une sonnerie retentit et les portes s'ouvrirent sur un immense vestibule au sol parqueté.

— Mais il n'y en a pas ici, ajouta-t-il en la faisant entrer.

Elle jeta un regard autour d'elle, tentant d'absorber son environnement, mais Nikos la fit pivoter dans ses bras. Elle sentit la force de son excitation, et le désir monta en elle comme une fleur avide de soleil et de pluie.

— Nikos, attends. Nous devons parler, s'écria-t-elle en se libérant de son étreinte.

Elle leva la main et recula d'un pas, heurtant une table positionnée sous un lustre qui inondait l'espace de lumière. Des portes s'ouvraient dans toutes les directions sur de longs couloirs dans les tons rouge cerise et or. Tournant le dos à Nikos, elle posa son sac sur la table en acajou.

— Je suis désolé de la façon dont j'ai géré la situation, Jacquelyn, mais je n'arrive pas à te sortir de ma tête.

Lorsqu'il s'approcha d'elle et posa les mains sur ses épaules, elle ne s'écarta pas.

— Tu ressens la même chose que moi, je le sais, dit-il.

Il l'entoura de ses bras et la tint serrée contre lui. Elle ne regimba pas, savourant la proximité de leurs corps.

N'est-ce pas ce que tu veux ? Être à nouveau dans ses bras ? Serait-ce si terrible de l'embrasser... ?

Il était si proche qu'elle se laissa aller contre lui.

— Tu sais qu'il y a quelque chose de spécial entre nous. Quelque chose de rare. Et je sais que je t'ai fait de la peine, mais cette fois nous ferons ce que tu souhaites...

Il s'inclina vers elle et enfouit le visage dans son cou, mettant tous ses sens en émoi. Elle allait l'embrasser. Simplement l'embrasser...

— D'accord, dit-elle en lui faisant face. Mais je ne coucherai pas avec toi, je veux que ce soit clair.

Il écarta la tête et la dévisagea de son regard ardent, un sourire aux lèvres.

— C'est très clair, assura-t-il.

Elle captura aussitôt son visage entre ses mains et attira sa bouche contre la sienne. Ils s'embrassèrent lentement au début mais, dès que la langue de Nikos se glissa dans sa bouche, elle perdit le contrôle.

— Je rêvais de faire ça, admit Nikos, ses mains courant sur sa robe, remontant sa jupe.

Il pressa son corps contre le sien et la poussa contre le mur. Agrippée à sa chemise, elle rit aux éclats lorsqu'elle perdit l'équilibre, mais il la rattrapa et la tint serrée contre lui.

— Je n'ai pas cessé de penser à toi toute la journée,

dit-il en caressant ses seins et faisant rouler les pointes gonflées entre ses doigts.

Il tira sur sa robe d'un geste brusque, dévoilant sa poitrine.

— Tu as mis cette robe en sachant pertinemment que j'allais te l'ôter, n'est-ce pas ?

Sans répondre, elle rejeta la tête en arrière pour mieux s'offrir à ses baisers.

Bien sûr qu'elle s'était habillée en pensant à lui, comme tout ce qu'elle faisait, d'ailleurs. Elle avait du mal à se rappeler le monde sans Nikos, maintenant qu'il le remplissait si entièrement.

— Je n'ai jamais autant désiré une femme. Touche-moi…

Ses doigts s'envolèrent vers la ceinture de son pantalon, sa fermeture Éclair et son impressionnante érection. Elle avait hâte de le voir, de le goûter, de le sentir en elle.

— Nous allons vivre une autre nuit inoubliable, Jacquelyn, assura Nikos, le souffle court.

Il l'attira à lui. Une autre nuit, semblable à la première. La découverte de la passion et du corps masculin, mais pas n'importe lequel – celui de Nikos, son premier amant. L'homme qu'elle garderait toujours dans son cœur.

— Tu ne vas pas te lever et me laisser seule au milieu de la nuit, cette fois ?

— Non, tu es mon invitée. Je ne ferai pas ça.

Son invitée.

C'était tout ce qu'elle était pour lui ? Une invitée, présente aujourd'hui, partie demain ?

Et s'il n'y avait pas de lendemains ? Et si elle ne faisait que remplir ses nuits, comme Lauren remplissait ses journées ? N'était-elle à ses yeux qu'une jolie blonde prête à lui tomber dans les bras dès qu'il claquait des doigts ? Quelle que soit la façon dont elle examinait la question, elle n'était pas son égale dans cette relation. Et elle valait mieux que ça. Elle était issue d'une famille où l'amour n'était pas considéré comme un produit jetable. Il durait pour toujours.

Au prix d'un violent effort, elle se libéra de son étreinte.

— Non, souffla-t-elle. Non, non, non. Je ne veux pas être ton *invitée*.

Il se tenait là, le sexe tendu, la chemise ouverte, le visage taché de rouge à lèvres et le regard incrédule.

— Quel est le problème ?

— Je veux savoir ce que je représente pour toi.

— Que veux-tu que je te dise ? Tu es ici pour quelques jours, avec moi. Je ne vois pas où est le problème…

— Je suis désolée, mais je ne peux pas faire ça.

— Pourquoi ? Que s'est-il passé ?

Elle se détourna et mit tant bien que mal de l'ordre dans sa tenue, refoulant ses larmes. Puis elle soupira, secoua la tête et s'éloigna.

— Je ne peux pas faire ça, répéta-t-elle. Ce ne sont pas mes valeurs.

Comment lui expliquer que faire l'amour était pour elle bien plus qu'une manière de passer une bonne soirée ? En couchant avec Nikos, elle lui avait donné une partie d'elle-même, et cette décision l'avait changée à jamais.

Jetant un coup d'œil par-dessus son épaule, elle vit qu'il n'avait pas bougé et la dévisageait d'un air inquiet.

— Veux-tu bien me dire ce qu'il se passe ?

Elle jeta un regard autour elle. L'appartement était exactement comme elle l'avait imaginé. Les murs étaient dans les tons bordeaux, le mobilier vintage et les miroirs et autres objets en laiton dataient d'une époque plus ancienne.

Elle noua les bras autour d'elle, comme pour se protéger de Nikos. Elle devait garder ses distances, calmer les choses.

— Je n'aurais pas dû venir ici, commença-t-elle.

Écoute, je sais qu'on pourrait croire que je t'ai mené en bateau, mais je… Je ne peux pas t'expliquer.

— Essaye au moins, Jacquelyn. Je pensais vraiment que nous étions sur la même longueur d'onde.

Pourquoi la vie était-elle si injuste ? Pourquoi Nikos ne pouvait-il pas être amoureux d'elle ? Il représentait pourtant tout pour elle. Cela lui brisait le cœur de savoir qu'il n'y avait pas d'avenir pour eux, parce qu'elle ne rencontrerait plus jamais un homme comme lui.

Elle sentit les larmes perler à ses paupières et baissa la tête. Mais soudain il fut derrière elle et la serra dans ses bras. Ils restèrent longtemps ainsi, lovés l'un contre l'autre, sous le regard impavide des sculptures Art déco. Elle huma son odeur, entendit les battements réguliers de son cœur et, lentement, sa respiration épousa le rythme de la sienne.

C'était un homme solide, calme et stable. Un homme bon. Mais il n'était pas son mari, ni même son amant. Pour lui, elle n'était qu'une conquête parmi d'autres, une aventure sans lendemain. Elle n'aurait jamais qu'une infime part de lui, et cela la blessait terriblement de le savoir. Le lien qu'ils avaient créé était profond, elle le ressentait dans toutes les fibres de son corps, mais il était à mille lieues de penser comme elle.

— Je te dois des excuses et une explication, dit-elle enfin en s'écartant. Mais c'est difficile pour moi ; je n'ai pas les mêmes idées que les autres personnes.

— Asseyons-nous et discutons.

Dans l'élégante cuisine moderne, il fit du thé et elle s'assit sur une chaise. Voir Nikos s'affairer à ces simples tâches ménagères l'apaisa un peu. Il aurait fait un si bon mari, songea-t-elle, refusant de se laisser envahir par le dépit.

— Tu as l'air de connaître cette cuisine mieux que l'autre.

— Sache que je peux faire du thé dans n'importe quel pays ! riposta-t-il en brandissant une cuillère.

Il essayait de détendre l'atmosphère, elle le voyait bien.

— Depuis combien de temps vis-tu ici ? s'enquit-elle, remarquant la pile de livres sur la table.

Dans l'entrée, elle aperçut des photos de Nikos en compagnie d'amis célèbres et d'autres moins. Brody était parmi eux.

— Sept ans, répondit-il en posant une tasse de thé devant elle. J'ai acheté l'appartement quand Maria et moi traversions une mauvaise passe. Je ne veux pas dire que le reste du temps tout allait bien, tant s'en faut. Mais, cette fois-là, c'était particulièrement difficile.

— Était-elle infidèle ? s'enquit-elle.

Elle n'avait déjà pas une bonne opinion de cette femme, mais l'idée qu'elle ait pu blesser Nikos à dessein lui était insupportable.

Lorsqu'il leva un sourcil ironique et éclata de rire, elle sut qu'elle ne s'était pas trompée.

— Ne parlons pas du passé. Tu allais me dire quelque chose, je crois.

— Je…

Comment trouver les mots justes sans passer pour une cachottière ? Elle devrait lui dire qu'elle croyait si fort en quelque chose, autrefois, qu'elle avait chéri ce principe au-delà du raisonnable. Lui dire qu'elle n'avait jamais jusqu'à présent autant désiré un homme que lui, au point que sa promesse lui semblait désormais vide de sens et qu'elle y avait renoncé en un instant.

Il ne la comprendrait pas, elle le savait. Personne ne la comprenait, mais elle se devait de lui dire la vérité.

— Je crois à l'abstinence avant le mariage.

Il était adossé au comptoir, séduisant et viril, tel un dieu grec. Il ne bougea pas, se contentant de hausser un sourcil.

— Je ne m'attendais pas à ça, je dois dire. Mais si c'est ce que tu penses, alors pourquoi as-tu couché avec moi ? Tu ne t'attendais tout de même pas à ce que cela débouche sur une demande en mariage ?

— Bien sûr que non ! riposta-t-elle, le feu aux joues.

— Je voulais juste vérifier. Ce ne serait pas la première fois qu'une femme me demande de l'épouser.

— Tu ne comprends pas ce que je te dis, dit-elle en posant brutalement sa tasse sur la table.

— Qu'est-ce que le fait qu'on s'entende bien physiquement a à voir avec l'engagement de toute une vie ? J'ai déjà fait cette erreur une fois et j'en paye encore les conséquences. Il n'est pas question que je refasse la même bêtise.

— Je ne te demande pas de m'épouser !

La colère montait peu à peu en elle. Il l'insultait et prenait le parti de ne pas la comprendre pour ne pas perdre la face.

— Peut-être pas, mais je me sens manipulé. Nous avons passé une nuit formidable. Pourquoi vouloir transformer cette parenthèse heureuse en autre chose ? Je te connais à peine, Jacquelyn.

Le regard fixé sur lui, Jacquelyn se leva.

— Je…

— Je voulais juste sortir avec toi, apprendre à te connaître, coupa-t-il. Tu sais, comme font les gens, d'habitude.

Oui ! voulut-elle crier, et le problème était là. Elle n'aurait jamais dû succomber à la tentation.

— Pourquoi ne prends-tu pas ça comme un compliment ? À moins que tu n'envisages de me dire encore une fois que tu *regrettes amèrement* ? Cela a marché une fois, mais pas deux. En tout cas, pas avec moi. Combien de fois as-tu joué à ce petit jeu ?

— Jamais ! s'offusqua-t-elle.

Une boule se formait dans sa gorge à l'idée d'être accusée à tort pour quelque chose qu'elle n'aurait jamais eu l'idée de faire. Ses mots la transperçaient et elle n'avait pas d'arme pour se défendre, hormis la vérité.

— J'étais vierge. Tu es le premier homme avec qui j'ai couché. Et tu ne peux pas imaginer à quel point je le regrette.

Elle ne vit pas son visage, occupée à fixer la pile de livres pour ne pas se laisser submerger par la douleur.

— *Vierge ?* répéta-t-il, surpris. Mais je t'ai demandé… Je savais qu'il se passait quelque chose et…

Les yeux remplis de larmes, elle l'entendait marcher de long en large dans la cuisine.

— Que suis-je censé faire, maintenant ?

Elle secoua la tête et refoula ses larmes. Voilà comment il prenait la nouvelle ! Son secret et tout ce qu'il représentait n'étaient qu'anecdotiques, pour lui. La situation était encore pire que ce qu'elle avait imaginée. Il était sans cœur et impitoyable. Quelle idiote elle avait été !

Inutile de rester ici plus longtemps. Tout espoir était désormais perdu.

— Où vas-tu ?

— Loin d'ici.

— Je suis désolé si tu n'obtiens pas la réaction que tu voulais mais, si tu m'avais prévenu la dernière fois, j'aurais géré les choses différemment.

— Ce n'est pas le genre de choses que je crie sur les toits.

— Tu as tort parce que, quand un homme déflore une femme, il a besoin de le savoir.

— Mon corps ne regarde que moi.

— Tu étais fiancée à un type, bon sang ! Que s'est-il passé pour que tu décides de coucher avec moi et pas avec lui ?

— Laisse-moi tranquille. La dernière chose que je veux est une analyse rétrospective.

— Eh bien, moi, si ! C'est toi qui avais toutes les cartes en main et tu viens de m'annoncer cette stupéfiante nouvelle. Écoute, assieds-toi. Je ne te laisserai pas partir de toute façon, donc autant discuter.

Elle s'arrêta dans l'embrasure de la porte et leva les yeux vers la galerie de photos où le sourire lumineux des stars de cinéma et des politiciens lui faisait face.

— Très bien, dit-elle en faisant volte-face. J'aurais peut-être dû te le dire, mais je ne l'ai pas fait. Je croyais que ce n'était les affaires de personne mais, si je t'ai fait de la peine, je m'en excuse.

— Tu n'as pas du tout l'air désolée, mais plutôt furieuse. Après moi. Comme si c'était moi qui m'étais mal comporté.

— Je ne suis pas en colère mais déçue. J'ai enfreint mes propres règles et je dois en assumer les conséquences.

— Attends, laisse-moi comprendre. Tu penses vraiment qu'il y a des règles pour cela et qu'il faut signer un contrat ou porter une alliance pour avoir le droit de faire l'amour ? Ce n'est pas une question de règles, mais de personnes et d'alchimie sexuelle. Si tu n'as pas fait l'amour avant l'âge de vingt-cinq ans, c'est que tu n'as rencontré personne qui t'excitait suffisamment. Lorsque tu m'as rencontré, tu as aussitôt ressenti une profonde attirance pour moi. Tu as alors cédé à ton désir et suivi ton instinct. Et tu ne t'es pas trompée parce que nous nous entendons très bien au lit. Mais cela ne te convient pas parce que, dans ton monde de conte de fées, ton prince charmant est supposé t'épouser d'abord…

Il marqua une pause avant de continuer sur sa lancée.

— Mais la vie n'est pas comme ça. Le mariage est loin d'être un conte de fées. C'est même tout le contraire. Le mariage, c'est essayer de tirer le meilleur parti d'une vie horrible. Le mariage, c'est se réveiller un matin et voir sa séduisante épouse pour ce qu'elle est vraiment. C'est rentrer un soir et la trouver nue dans le jacuzzi avec un autre homme…

Il rejeta la tête en arrière et leva le poing en proférant des jurons. Puis il se retourna et le regard qu'il lui lança était terrible. Torturé…

— C'est *ça*, le mariage. Et je ne veux plus jamais vivre ça.

— Je suis désolée pour toi, dit-elle, déstabilisée par la violence de ses propos. Je ne sais pas ce que tu as traversé, mais ton expérience est unique. Cela ne veut pas dire que la mienne ou celle d'un autre sera comparable.

Il secoua la tête et se détourna, le corps soudain avachi, comme brisé par la défaite. Elle aurait voulu le secouer, lui redonner goût à la vie, mais à quoi bon ? Il s'était distancié d'elle, et les moments intimes qu'ils avaient partagés semblaient désormais si loin qu'il lui paraissait illusoire d'espérer bâtir quoi que ce soit sur les ruines de son terrible passé.

— Oui, eh bien ton expérience est un peu limitée, si je puis me permettre, dit-il en se versant un verre d'eau.

— Toutes les expériences ne sont pas forcément bonnes à vivre. Et tous les mariages ne sont pas forcément désastreux. J'ai pu observer le mariage de mes parents tous les jours jusqu'à ce qu'ils partent vivre en Espagne. Il n'était pas parfait, mais il était solide. Tout le monde ne ment pas et ne triche pas, Nikos.

— Non, et je ne pense pas non plus que chaque épouse doive être battue par son mari, et pourtant certaines le sont et on ne peut rien y faire, lâcha-t-il en passant devant elle. J'ai besoin d'un verre…

Elle le regarda disparaître derrière une porte. Elle-même avait connu la souffrance, mais pas à ce point. La blessure de Nikos était profonde, encore ouverte.

Peu importe qu'elle soit seule dans une ville inconnue, sans amis ni nulle part où aller, totalement dépendante de cet homme pour son hébergement, ses contacts professionnels pour sauver sa société de la faillite. Peu importe qu'il ait même oublié sa présence, elle devait faire quelque chose pour lui !

Ses talons claquant sur le parquet, elle le suivit. L'espace d'un instant, elle le chercha des yeux tant le lieu était vaste.

De larges miroirs aux cadres dorés ornaient les murs, dominant la pièce et l'élégant mobilier. Une cheminée en marbre, aussi grande que la devanture de sa boutique et dont le foyer était semblable à l'entrée d'une caverne, trônait au centre sous une peinture à l'huile qui ressemblait à un Picasso. Une immense baie vitrée offrait une vue spectaculaire sur la nuit sombre et la myriade de lumières qui emplissait le ciel new-yorkais.

Soudain, elle aperçut Nikos en train d'allumer une lampe. Puis elle entendit le bruit sourd d'une bouteille qu'on débouche, et le vit verser un liquide ambré dans un verre, avant d'en boire une longue gorgée.

— Tu n'ajoutes pas un peu d'eau ?

Il marqua une pause, puis vida son verre d'un trait.

— Oh ! tu dois te sentir mieux, j'imagine, reprit-elle. C'était ce dont tu avais besoin !

Il se versa un autre verre, puis lui fit face.

— Tu as un souci avec le fait que je boive ?

— Non, je sais que tu as des soucis, mais…

Il fit tourner le whisky dans son verre, l'examinant d'un regard mauvais.

— C'est vrai, ma chérie. Et ils sont sans fin.

— Tu n'es pas le seul, riposta-t-elle. Beaucoup de gens ont des mariages difficiles et se font mal mutuellement, mais je te pensais plus courageux que ça.

— Épargne-moi tes sermons ! Tu ne sais pas de quoi tu parles.

— Regarde ce que tu as bâti. House est ta création et tu es un homme bon et généreux. Tu m'as permis de repartir de zéro et je suis sûre que je ne suis pas la première à qui tu as donné une chance. Arrête de te torturer, Nikos, et écoute-moi.

Son regard était passé de son verre au miroir dans lequel il l'observait.

— Laisse tomber. Tu gaspilles ta salive.

Il leva son verre, mais cette fois elle n'y tint plus.

— Arrête de t'apitoyer sur toi-même !

Sans plus attendre, elle le rejoignit en quelques enjambées et lui arracha le verre des mains. Furieux, il lui saisit aussitôt le bras, et le whisky se renversa, lui éclaboussant le visage et la poitrine. Ils demeurèrent ainsi face à face, immobiles, le souffle court.

Il avait beau être intimidant, elle refusa de reculer. Elle lui faisait face, le menton dressé, et soutenait son regard incendiaire. Ses lèvres en revanche s'étaient adoucies et entrouvertes.

Mais il était si proche et exsudait une virilité si magnétique qu'elle baissa sa garde tandis que le désir la terrassait, sapant sa détermination.

— Que suggères-tu, Jacquelyn ? Vas-tu me donner une autre de tes leçons sur l'amour de soi ou préfères-tu qu'on s'arrache nos vêtements et qu'on fasse l'amour ? Seigneur, regarde-toi…

Il la fit se retourner face au miroir et, debout derrière elle, il lui tint les bras le long du corps. Les éclaboussures du whisky étaient bien visibles sur sa robe, un de ses tétons se tendait sournoisement sous le tissu humide. Ses lèvres étaient entrouvertes et ses cheveux décoiffés.

Elle vit aussi dans le miroir la mâchoire serrée de

Nikos, ses cheveux sombres et ses tatouages et, derrière, l'opulence de la pièce – immense et élégante.

— Dis-moi ce que tu veux et je le ferai, reprit-il à voix basse.

Elle rejeta la tête en arrière, attendant qu'il la touche, qu'il l'embrasse… Elle sentait sa chaleur, sa puissance et la force de son désir, et elle sut à ce moment-là qu'elle pourrait à nouveau s'abandonner dans ses bras et le dévorer de baisers, sentir ses longues jambes mêlées aux siennes et se sentir à nouveau pleinement *femme*.

— Jacquelyn, murmura-t-il en l'attirant à lui.

La gorge offerte, elle brûlait de désir inassouvi. Elle vit dans le miroir qu'il inclinait la tête vers elle, ses lèvres proches de son oreille, et un frisson parcourut son corps, se propageant jusqu'au plus profond de son intimité.

Elle écarquilla les yeux. Ils avaient l'air si bien ensemble, elle dans sa robe sans manches en satin bleue et lui dans son pantalon gris anthracite et sa chemise bleu pâle. Elle était la mariée de ses croquis et lui, le marié de ses rêves. Mais ce n'était pas la réalité. Ils étaient deux adultes célibataires, seuls à New York. Ce soir, ils passeraient une nuit torride, mais qu'éprouveraient-ils demain ?

Des regrets. De la souffrance et de la culpabilité lorsque, dans quelque temps peut-être, elle se tiendrait aux côtés de son mari et lui promettrait de le chérir pour toujours, en se rappelant qu'elle s'était laissée aller à la tentation et avait brisé ses vœux, non pas une fois, mais deux.

Nikos ne changerait pas. Il avait été très clair là-dessus. Il ne s'engagerait pas durablement et ne tomberait plus jamais amoureux. Si elle se donnait à lui maintenant, elle le perdrait pour toujours. Et elle aussi avait été très claire. Il n'y avait pas de compromis possible.

Elle ferma les yeux et secoua la tête puis, avec une force qu'elle ne soupçonnait pas, elle s'écarta.

— Non…

Dans le lourd silence qui s'ensuivit, elle entendit le tic-tac régulier de l'horloge, signe inexorable du passage du temps. Puis celle-ci carillonna dix coups.

Comme un charme qui se brisait, Jacquelyn recula d'un pas et s'assit sur un canapé, se renfonçant dans les coussins. Elle était de nouveau en sécurité.

Quand il prit place à côté d'elle, tête baissée, elle sentit une grande douleur la submerger à l'idée de tout ce qu'elle avait perdu. Des larmes perlèrent à ses paupières, qu'elle essuya d'un geste brusque. Si elle restait une seconde de plus, son désir de lui serait si fort qu'elle ne pourrait pas résister. Elle devait partir au plus vite.

— Tu peux m'appeler un taxi, Nikos ?

Il leva la tête, le regard sombre et hagard.

— Bien sûr. Où veux-tu aller ?

— Je veux rentrer chez moi.

— Après avoir fait tout ce chemin ? s'étonna-t-il. Tu as presque atteint ton but. Finalise les choses avec Brody.

— Tu ne vas pas tout faire échouer ?

— Je suis peut-être un salaud, Jacquelyn, mais pas à ce point.

Il poussa un long soupir de lassitude.

— J'ai des choses à régler avant mon retour en Grèce, ce soir. Je vais te réserver une chambre d'hôtel. Ma voiture avec chauffeur t'attend en bas. Je demanderai à Lauren de s'occuper de toi.

— Je ne peux pas aller à l'hôtel ; je n'ai pas d'argent.

Il lui lança un regard bref.

— Tu n'en as pas besoin. En attendant que les choses s'arrangent pour toi, je m'occupe de tes intérêts à court terme.

Il se leva et elle fit de même. Ils se firent face, et elle lui tendit la main d'une façon courtoise et professionnelle.

— Allons, dit-il en secouant la tête. Nous sommes plus que ça l'un pour l'autre, beaucoup plus que ça. Mais ne t'inquiète pas. Tu as tracé la ligne à ne pas franchir et je respecterai tes désirs. Je ne te mettrai jamais dans une situation dans laquelle tu ne veux pas être, tu peux en être certaine.

— Nous pourrions peut-être sortir ensemble ?

Les mots s'étaient échappés de sa bouche, désespérés, implorants – ultime tentative pour rester dans sa vie.

— Oui, mais tu veux te marier et moi, je ne veux plus me sentir responsable pour quoi que ce soit pour le restant de ma vie.

Là-dessus, il tourna les talons et traversa la vaste pièce, saisissant au passage ses clés et sa veste. Puis il prit son sac, le lui tendit et s'approcha de l'ascenseur.

— Je te raccompagne, dit-il.

Elle ne protesta pas. Elle vivait sans doute ses derniers moments avec Nikos et ne voulait pas les gâcher.

Terrassée par la douleur, elle le suivit d'un pas lent dans l'ascenseur et dans l'entrée de l'immeuble. Le concierge leva les yeux et leur adressa un sourire bref avant de reporter son attention sur son écran. Les lis, fiers et superbes dans leur vase carré, l'éclat de la table en merisier et l'immense lustre étaient tels qu'ils les avaient laissés une heure plus tôt. Rien n'avait changé, sauf eux. La vie suivait son cours.

Dehors, la voiture de Nikos attendait, garée le long du trottoir. Il lui tendit la main, puis s'approcha d'elle et l'enserra dans ses bras dans un geste de réconfort. En proie à une irrépressible panique, elle se pressa contre lui.

Ne me laisse pas…

— Tout ira bien, murmura-t-il.

Dans la protection de ses bras, elle se détendit peu à peu et ils se tinrent longuement serrés l'un contre l'autre, comme pour retarder le moment de se dire au revoir. Ou plutôt, adieu.

12.

La Cinquième Avenue miroitait dans la chaleur de l'été, tel un lumineux tapis de couleur. Ici et là, taxis et voitures circulaient et attendaient patiemment aux feux rouges. Il était encore tôt mais, malgré le calme ambiant, Jacquelyn sentait l'énergie monter peu à peu de la rue.

Elle avait encore trois pâtés de maisons à parcourir dans des talons hauts plus adaptés aux couloirs des bureaux qu'aux trottoirs. Elle regarda les baskets que portaient les autres femmes qui se rendaient au travail. Si elle devait rester ici, elle ferait comme elles, mais elle repartait à Lower Linton dans deux jours. Elle retrouverait son studio, Victor et les filles de l'atelier, et pourrait enfin leur annoncer la bonne nouvelle.

C'était le meilleur cadeau possible, et cela avait même réussi à alléger un peu sa peine. Mais elle avait beau afficher une expression sereine, ses yeux étaient gonflés et sa bouche pincée. Son entreprise était tout pour elle. On lui avait fait une merveilleuse proposition, et elle ferait tout pour que cette fusion soit une réussite, quitte à afficher un sourire contraint toute la journée. Il lui resterait les nuits pour pleurer…

Brody avait pris son programme en main et, avec son aide, elle avait organisé toute une série de rendez-vous intéressants. En deux jours, toutes ses préoccupations avaient été effacées. Toutes, sauf Nikos…

Ses nouvelles créations plaisaient beaucoup, et elle était en pourparlers pour les développer avec l'un des plus grands concurrents de Nikos. Si tout se passait bien, ses créations seraient présentées dans les plus grandes chaînes de magasins des États-Unis, du Canada et d'Australie.

Elle ne s'arrêtait plus. Ses créations étaient de plus en plus belles, innovantes. Les femmes qu'elle dessinait avaient des corps de rêve et irradiaient de bonheur et de sensualité. Elles affichaient une plénitude absente dans ces anciens croquis.

Jacquelyn savait qu'elle se dessinait elle-même. C'était sa façon à elle de prétendre que le conte de fées suivait joyeusement son cours. Elle ne devait surtout pas se rappeler qu'il lui manquait en réalité… un prince charmant !

Non, elle gardait ces pensées pour l'obscurité de la nuit, pour son oreiller trempé de larmes et son lit vide. Elle était la créatrice de robes qu'elle ne porterait jamais, parce qu'elle ne pourrait jamais avoir Nikos.

À cette pensée, ses yeux se remplirent à nouveau de larmes. Ce n'était pas le moment de flancher ! se fustigea-t-elle. Elle devait rester concentrée et continuer jusqu'à ce qu'elle retourne à Lower Linton et se ferme pour un certain temps au monde extérieur.

Elle s'arrêta au croisement et attendit avec les autres piétons que le signal passe au vert. Du coin de l'œil, elle vit une limousine rouler lentement. Il y avait tant d'argent dans cette partie du monde, songea-t-elle. Le luxe était présent partout. Quand elle commença à avancer, elle fut emportée par le flot de la foule. Elle vérifia les panneaux des rues et nota les numéros pour savoir où elle était. Ce n'était plus très loin. Brody l'attendait. Il lui avait proposé de lui envoyer sa voiture, mais elle avait préféré marcher. Encore une erreur stupide. L'ampoule sur son pied la faisait souffrir à chaque pas. Et il y avait plus de monde, maintenant. Une femme lui coupa la route et une voiture, garée à cheval sur le trottoir, l'empêcha d'avancer. Elle se fit bousculer, puis trébucha à son tour devant quelqu'un.

— Désolée.

Puis, soudain, la portière d'une voiture s'ouvrit devant elle, et elle fut brutalement tirée à l'intérieur.

Elle n'eut pas le temps de protester que, déjà, la voiture démarrait. Elle saisit la poignée, cherchant désespérément à débloquer la portière, mais il n'y avait pas de manette. En proie à la panique, elle comprit qu'il n'y avait pas d'échappatoire possible.

Elle tambourina sur la vitre, mais les passants continuaient à avancer, indifférents.

— Ça suffit ! gronda une voix teintée d'accent australien.

Des bras enserrèrent sa taille et l'obligèrent à s'asseoir. Lorsqu'elle essaya de se redresser, elle fut brutalement repoussée en arrière.

Elle se recroquevilla dans un coin, le plus loin possible de cette présence maléfique. Elle savait qui était cet homme pourtant, et son esprit en tumulte cherchait à comprendre la raison de son enlèvement.

— Vous êtes le père de Nikos, dit-elle, osant enfin le regarder.

— Bravo !

Il ne bougeait pas, le regard fixé devant lui. Avec son visage buriné, son expression dure et son crâne rasé, il paraissait aussi brutal qu'elle se l'était imaginé.

— Je n'ai rien à voir avec lui, vous savez. Je ne suis pas sa petite amie.

— Je t'ai dit de te taire, Blondie.

Puis il se pencha vers elle et, saisissant ses cheveux d'une main ferme, il lui tira la tête en arrière.

— C'est encore loin, Bruno ?

Elle ravala sa douleur et son cri et, lorsqu'elle fut enfin silencieuse, hormis sa respiration saccadée, il la relâcha.

— Si tu restes calme, il ne te sera fait aucun mal. Sinon…

Il leva la main comme pour la frapper, et elle s'empressa de hocher la tête, avant de se recroqueviller sur elle-même.

Soudain, Central Park apparut devant ses yeux. Les grilles du parc, puis l'auvent vert devant l'immeuble de Nikos.

— Nous y sommes, annonça l'homme en se penchant vers le chauffeur. Fais le tour du pâté de maisons, puis gare-toi.

Lorsqu'il la regarda, Jacquelyn reconnut en lui certains des traits de Nikos. Elle vit sa puissance et sa force, et elle frissonna en pensant au père qu'il avait dû être.

Pauvre Nikos ! Et sa mère, qui avait tant souffert ! Son cœur se brisa en pensant à eux.

— Il reste encore combien de temps ? demanda-t-il au chauffeur qui haussa les épaules.

Après avoir fait le tour du pâté de maisons, la voiture s'arrêta et se gara en retrait de l'entrée.

— Je ne sais pas. Dix minutes, peut-être.

— OK, Blondie. Il est temps d'appeler ton ami, maintenant.

Nikos jeta son portable sur le sofa et sortit sur la terrasse. La vue magnifique sur Central Park et au-delà avait été un des arguments de vente de cet appartement. Il n'était pas unique ; de nombreux lofts de la Cinquième Avenue pouvaient se targuer de posséder pareil panorama, mais celui-ci était élégant, majestueux et… retranché. Il était impossible de s'introduire à l'intérieur et, après le cambriolage de la villa, il avait été soulagé de l'apprendre. Peu importe où il se trouvait dans le monde, ce petit coin de Manhattan était sûr.

Mais maintenant que le dragon était sorti de son antre, il ne se sentait plus nulle part en sécurité. Les enquêteurs avaient retrouvé l'ancienne domestique de Maria et, comme prévu, elle avait fourni les renseignements demandés.

Nikos était choqué, mais pas tant que ça. Peut-être parce qu'il s'était toujours douté que c'était son père qui était derrière l'effraction de la villa – raison pour laquelle il avait refusé l'aide de la police. Chaque chemin qui menait à Arthur était un chemin qu'il refusait de prendre. Même si son père le dépouillait. Même s'il l'avait trouvé nu dans le jacuzzi avec sa femme. C'était plus facile de « tendre l'autre joue » ou de se comporter comme une « petite mauviette » – insultes que lui avait lancées à l'époque son père et qui lui faisaient toujours mal.

Il baissa la tête, fou de rage. C'était pourtant la vérité. Son père était intouchable, protégé par ses hommes de main. Personne ne pouvait l'approcher, aucune charge n'était jamais retenue contre lui, et justice ne pouvait être faite.

Et si quelqu'un le balançait, le sort qui lui était réservé était pire que la mort. Depuis tout petit, Nikos savait ces choses-là. Toute son existence avait été bâtie sur la peur, et il avait pris la fuite à cause de ça. Peu importe qu'il ait maintenant trente-cinq ans, qu'il soit veuf et à la tête d'une entreprise valant plusieurs milliards de dollars. La peur était toujours là, tapie dans l'ombre, se préparant à frapper.

Lauren avait été la dernière sur la liste à subir son poison. Il l'avait su à l'instant où il était sorti de son bureau et avait vu son visage blême. Au début, il avait cru que quelque chose était arrivé à Jacquelyn et avait été saisi de panique. Était-ce le moment où il avait compris qu'il l'aimait ?

Lauren lui avait tendu le bloc-notes sur lequel elle avait inscrit deux phrases d'une main tremblante.

Papa est rentré et veut récupérer son argent. 15 heures devant Central Park.

L'espace d'un instant, Nikos avait songé à faire préparer le jet et à s'envoler pour l'Italie ou Londres – n'importe où sauf ici. Mais il s'était ressaisi. Plus jamais il ne fuirait. Il affronterait sa peur et se battrait en se servant des armes à sa disposition.

Nikos agrippa la balustrade et contempla le parc. Quelque part en contrebas, son père et Bruno attendaient.

Oui, il était désormais temps d'affronter ses démons. Il n'était plus le petit garçon terrifié qui se cachait sous les couvertures. Il allait rencontrer son père et lui faire avouer le maximum de choses pendant que la police écoutait, puis il lui donnerait ce qu'il voulait et laisserait les enquêteurs faire le reste. Il faisait ça pour sa mère, pour Maria, mais surtout pour Jacquelyn. Il n'aurait plus jamais l'occasion de rencontrer une femme comme elle.

Elle était unique en son genre. Elle se battait pour sauver son entreprise, sa famille et sa réputation. Elle avait plus d'honnêteté et d'intégrité que toutes les personnes qu'il avait croisées, et elle était restée fidèle à ses principes jusqu'à ce qu'il la mette dans son lit. Il ne se pardonnerait jamais de l'avoir blessée. Elle lui avait fait confiance et il s'était comporté comme un goujat. Il avait essayé à nouveau de la séduire, puis l'avait congédiée quand elle avait refusé de coucher avec lui.

Dès que cette histoire serait terminée, il irait la retrouver. Peut-être lui accorderait-elle une seconde chance ? Joignant les mains, il inclina la tête et se mit à prier.

— Bonjour, Nikos. Je… je suis dehors avec ton père.

À peine avait-elle prononcé ces mots qu'Arthur saisissait le téléphone.

— Tu as entendu ? J'ai ta petite amie avec moi. Alors, laisse-nous monter.

En entendant la réponse de Nikos, le visage d'Arthur s'éclaira, puis il hocha la tête pendant que la voiture avançait et s'arrêtait devant l'immeuble.

— J'ai un mauvais pressentiment, marmonna Bruno.

— Détends-toi. Il ne m'a jamais doublé. Il n'en a pas le cran. Et toi, prépare-toi ! lui lança-t-il en lui donnant son sac à main et ses chaussures.

Jacquelyn se redressa lentement, lissa sa robe et mit ses escarpins d'une main tremblante, ignorant sa douleur au pied.

Le portier hésita, puis s'approcha de la voiture.

— Attention, ma jolie. Tu vas sortir du véhicule et sourire au monsieur, avant d'entrer dans l'immeuble. Je serai juste à côté de toi et je n'ai pas besoin de te dire ce qui arriverait si tu faisais quoi que ce soit de stupide.

La porte s'ouvrit. La lumière du soleil dansait sur le tapis vert, nota Jacquelyn. Sa chaussure toucha le sol et, comme elle se levait, les mains du père de Nikos lui entourèrent la taille en guise d'avertissement.

Elle sortit de la voiture, Arthur sur ses talons, son souffle chaud pressé contre son oreille. Bruno suivait. Elle songea à partir en courant mais s'en sentait incapable. Elle ne pensait qu'à Nikos. Croirait-il qu'elle faisait partie de ce complot ? Ils allaient peut-être lui faire mal. Pourrait-elle les en empêcher ?

Ils ouvrirent la porte de l'immeuble et le concierge leva les yeux de son écran et leur sourit, soutenant leur regard un peu plus longtemps que nécessaire.

Au secours ! hurla Jacquelyn intérieurement, mais personne ne vit la panique dans ses yeux.

L'ascenseur s'éleva et s'arrêta à l'étage concerné. Les portes s'ouvrirent…

À la vue de Nikos, elle sentit son cœur s'emballer. Elle essaya de lui souffler que tout allait bien, mais elle ne put bouger les lèvres. Déjà, on la poussait à l'intérieur de la pièce.

— Cela fait longtemps ! ironisa Arthur.

— Ce n'était pas ce qui était convenu, gronda Nikos.

— Quoi ? Pas de câlins pour ton vieux père ? Après tout ce temps ?

— Tu ajoutes l'enlèvement à tous tes crimes ? Je ne te croyais pas si stupide.

— Tu peux remercier Bruno pour ça. Je l'ai ramenée ici comme assurance complémentaire, au cas où tu déciderais de faire semblant de ne pas me connaître.

Jacquelyn frémit comme il lui serrait la main.

— Imaginez être désavoué par son propre fils ! On aurait pu croire que je l'avais mieux élevé. Toutes ses belles maisons, ses voitures rutilantes et sa fortune… Et aucun respect. Que feriez-vous avec un fils pareil ?

Nikos demeura immobile, le regard étincelant de fureur. Jacquelyn rêvait de courir se jeter dans ses bras, mais hésitait, trop effrayée.

— Tu ne m'as pas élevé. Je dois tout à ma mère. Tu ne vaux guère mieux qu'un vulgaire trafiquant de drogue.

— Cela n'a pas dérangé ton épouse. Dommage que tu ne te sois pas joint à la fête. Et quelle fête ! ajouta-t-il en lançant un clin d'œil à Bruno.

— Tu n'es qu'un truand de bas étage. Dis-moi ce que tu veux et sors d'ici !

— Tu ne vaux pas mieux que moi malgré tes beaux costumes et tes belles maisons. Tu gagnes de l'argent, tout comme moi, tu satisfais tes besoins et tu aimes les jolies femmes…

Lorsqu'il fit glisser son doigt sur son bras, Jacquelyn frissonna et se raidit de dégoût.

Nikos ouvrit la bouche, puis la referma. Elle vit une lueur meurtrière traverser son regard.

— Viens ici, Jacquelyn, lui intima-t-il.

Son cœur fit un bond dans sa poitrine et elle s'apprêtait à s'élancer quand les doigts d'Arthur se resserrèrent sur son bras.

— Pas si vite, *Jacquelyn*, dit-il d'une voix suave.

Paniquée, elle interrogea Nikos du regard, mais la rage qui luisait dans ses yeux lui fit froid dans le dos et elle se détourna. Elle avait l'impression d'être entre deux taureaux piaffant à l'approche du combat.

— Si tu la touches, je t'arrache la tête !

Nikos s'avança. Il emplissait la pièce par sa présence imposante. Jacquelyn sentit Arthur hésiter et sursauta tandis que Nikos lançait son poing dans la figure de son père.

Arthur hurla de douleur et serra son visage entre ses mains.

— Bruno, occupe-toi de ça, siffla-t-il entre ses dents.

Bruno hésita.

— Nous savons que les agents fédéraux ont eu vent de nos investissements aux îles Caïmans. Nous nous contenterons du Picasso.

— Vous n'aurez rien de moi, assura Nikos.

— Facile à dire pour toi, avec tes millions ! Qui payait tes vêtements quand tu étais gosse, à ton avis ?

— J'aurais préféré ne rien porter plutôt que quelque chose en rapport avec tes activités criminelles. Tu es la pire des ordures. Tu fais de l'argent sur le dos de gens qui ne peuvent pas se défendre, tu brutalises les faibles. Je remercie le ciel tous les jours que maman ait réussi à t'échapper.

— Elle ne peut pas aller bien loin maintenant, n'est-ce pas ?

Submergé par la haine, Nikos se jeta sur son père et essaya de le frapper de nouveau, mais Bruno bloqua son bras. Fou de rage, il pivota et l'envoya s'écraser contre une des statues.

— Sortez de chez moi ! Avant que je m'énerve vraiment !

— Bruno, prends le tableau et fichons le camp d'ici.

Nikos s'élança vers son père.

— Non ! cria Jacquelyn en essayant de le retenir. Ne sois pas comme lui, je t'en prie. Tu vaux mieux que ça.

Nikos s'arrêta net et tendit la main vers elle, fendant l'air dans un effort désespéré pour l'attraper. Elle saisit sa main et se lova contre lui.

Il la dévisagea avec tellement de souffrance, et d'amour aussi, qu'elle sut en cet instant qu'elle irait jusqu'au bout du monde pour cet homme.

— Je suis désolé, murmura-t-il.

Ensuite, tout se précipita. Il y eut un bruit de pas dans le couloir, puis les portes s'ouvrirent et des hommes en uniforme entrèrent, fusil au poing.

13.

— Voilà donc comment je compte remodeler l'identité visuelle d'Ariana, restée la même depuis des générations, et la décliner dans chaque franchise et, plus important encore, en ligne.

Jacquelyn cliqua sur la dernière diapositive et sourit à la ronde. Les visages étaient de marbre mais, quand elle jeta un regard en coin à Brody, il lui fit un clin d'œil et le signe discret de la victoire.

— Des questions ? demanda-t-il pendant qu'elle prenait place à côté de lui, en bout de table.

Son avenir allait se décider dans les prochaines minutes, elle le savait. Pas seulement le sien, mais celui de Victor et des couturières. Elle avait présenté son projet avec tout le talent qu'elle possédait.

— Pas de questions, juste une garantie d'exclusivité. Vous nous rejoignez, mais vous ne distribuerez vos créations qu'au Royaume-Uni, n'est-ce pas ?

— Si un accord commercial est trouvé, oui, répondit Jacquelyn en faisant face au P-DG du plus grand rival de Nikos.

Son cœur battait la chamade, mais elle croisa les jambes et afficha une expression sereine.

— Et qui possède les actions actuellement ?

— J'en possède quatre-vingt-dix pour cent et mon

partenaire ici présent, dix pour cent, dit-elle en inclinant la tête vers Brody.

— Des changements à ce sujet sont-ils prévus ? En d'autres termes, Nikos Karellis a-t-il l'intention de s'impliquer dans vos affaires ?

À la simple mention de ce nom, Jacquelyn sentit son cœur bondir dans sa poitrine. Brody ouvrit la bouche pour parler, mais elle leva la main pour le faire taire.

— Je ne pense pas qu'on vous ait déjà demandé si votre épouse avait récemment acheté des actions de votre entreprise, donc vous comprendrez ma surprise devant votre question.

— House est notre principal concurrent. Je dois poser la question.

— Mes affaires ne regardent que moi !

Elle se leva et tout le monde fit de même.

— Si vous estimez devoir en savoir davantage sur ma personne que sur la qualité de mon travail ou l'état de mes comptes, peut-être ne sommes-nous pas faits pour nous entendre.

L'assemblée retint son souffle en la voyant prendre sa tablette et la ranger dans son sac fourre-tout.

— Allons, allons, mademoiselle Jones… Ne soyez pas si pressée ! protesta l'homme. Je crois que nous sommes prêts à vous faire une offre.

Jacquelyn sonda le regard de chaque personne présente autour de la table. Enfin satisfaite, elle se renfonça dans son fauteuil et sourit.

— Parfait. Je suis prête à l'entendre, assura-t-elle.

Deux heures plus tard, Jacquelyn sortait d'un taxi devant son restaurant favori et levait les yeux vers le vertigineux immeuble en verre et le ciel bleu au-dessus de sa tête. Elle adorait New York. C'était une ville accueillante qui offrait une foule de possibilités. Ici, elle était considérée comme le P-DG d'Ariana, une société dynamique et contemporaine. Ni plus ni moins.

Elle regarda à l'intérieur pour voir si elle apercevait Nikos, mais le ballet des serveurs et la foule de clients était si dense qu'elle ne vit rien. Elle pénétrait sous l'auvent en verre quand elle sentit deux bras l'envelopper.

— Nikos…

— Bonjour, répondit-il avant de la faire pivoter et de l'embrasser avec passion. Je commençais à croire que tu m'avais posé un lapin. Où étais-tu ? s'enquit-il en l'entraînant dans la rue.

— J'étais avec mes nouveaux amis.

— As-tu l'intention de me dire qui ils sont ou dois-je deviner ? rétorqua-t-il comme ils traversaient la rue.

— Je vais te donner un indice : ils possèdent des magasins dans toutes les grandes villes des États-Unis et d'Australie et une plate-forme en ligne qui peut rivaliser avec les meilleurs. Et pour finir, ils viennent de se lancer en Chine.

— Tu as signé avec Blue ?

Il s'arrêta net et posa les mains sur ses épaules tandis qu'elle lui adressait un sourire lumineux.

— Tu vas travailler avec mon principal concurrent ?

— C'était magique, Nikos. Ils ont adoré mes nouvelles créations, et ils vont m'accorder les ressources nécessaires pour accroître les ventes. Et avec l'équipe numérique que Brody a embauchée, nous allons créer un site Internet. Les futures mariées pourront télécharger leur photo et leurs mensurations, et nous pourrons habiller tous les membres de la noce avant même qu'ils aient mis un pied dans la boutique.

— Waouh ! dit Nikos, comme ils se remettaient à marcher.

— Mais rien ne vaudra la touche personnelle. Et c'est

avec mes créations que j'obtiendrai le plus de satisfactions. Nous attaquons en premier le marché australien, conclut-elle.

— Tu es extraordinaire, Jacquelyn. Regarde ce que tu as accompli ! En moins de deux semaines, tu as transformé ta société et conquis New York. Tu as fait mieux que moi.

— Tu sais bien que ce n'est pas vrai, dit-elle en glissant sa main dans la sienne. Tu as créé House à partir de rien.

— Toi et Mark êtes les seuls à le savoir. Tout le monde pense qu'on m'a tout servi sur un plateau. Mais peu importe. Dis-moi plutôt comment tu as ferré ce vieux croûton.

Jacquelyn rit et leva les yeux. Ils s'approchaient de Central Park, où ils se promenaient tous les jours à l'heure du déjeuner.

— Il m'a parlé de toi.

— Comment ça ?

Il s'arrêta un instant pour la regarder. Et ce simple petit regard en coin fit battre son cœur plus vite.

— Il voulait savoir si tu comptais t'impliquer dans mes affaires.

— Et que lui as-tu répondu ?

— Que cela ne le regardait pas. Et que s'il insistait, nous ne ferions pas affaire ensemble.

Nikos demeura silencieux et ils continuèrent à cheminer, main dans la main.

— Bravo ! finit-il par dire. Tu sembles avoir tout géré à merveille. Brody est-il lui aussi satisfait ?

— Il est ravi, assura-t-elle. Je peux désormais rentrer à Lower Linton la tête haute, rembourser mes dettes et augmenter mes salariés. Je peux sponsoriser des jeunes ou des start-up et faire tout ce dont j'ai toujours rêvé. Je ne pourrai jamais assez te remercier, Nikos.

— Tu as tout fait toute seule, Jacquelyn. Je t'ai juste poussée dans la bonne direction.

Ils se trouvaient devant les grilles du parc, désormais.

— Alors, comment veux-tu célébrer cette belle réussite ?

— Ceci me suffit, dit-elle en regardant l'étendue d'eau, les arbres et les allées, et les gens qui déambulaient autour d'eux. Je n'ai pas besoin de boire du champagne ni de savourer un somptueux dîner. Je n'ai jamais été aussi heureuse de toute ma vie.

Nikos sourit et effleura sa joue du bout des doigts. Il semblait hésiter, nota Jacquelyn. Dès l'instant où elle l'avait vu, aujourd'hui, elle avait deviné qu'il voulait lui dire quelque chose. Elle ne voulait cependant pas nourrir de faux espoirs.

— Comment s'est passée ta journée ?

— Le dossier avance, dit-il d'un ton las. J'ai été innocenté, mais cela prendra des mois pour clore l'enquête et l'affaire judiciaire. Je vais être assez pris durant les prochaines semaines car je dois travailler avec eux, mais j'ai au moins l'impression d'avancer.

— Et ta mère ? Comment va-t-elle ?

Nikos se rembrunit.

— Je dois lui rendre visite la semaine prochaine.

— Oui, bien sûr, je comprends. Même si elle n'a plus toute sa tête, je suis sûre qu'elle saura au plus profond d'elle-même qu'elle est désormais en sécurité et que plus personne ne souffrira comme elle a souffert.

Nikos la serra contre lui et poussa un long soupir.

— Tu es une femme merveilleuse, Jacquelyn. Tu trouves toujours les mots justes. Je regrette qu'elle n'ait pas pu te rencontrer. Vous vous seriez bien entendues.

Ils atteignirent le hangar à bateaux et firent la queue pour un canot. Quelques instants plus tard, ils montèrent à bord et Nikos saisit les rames et s'éloigna du rivage.

— Je devrais moi aussi aller rendre visite à mes parents, dit-elle en écoutant le bruit des rames qui fendaient l'eau. Cela fait si longtemps que je ne les ai pas vus ! Et maintenant que j'ai une bonne nouvelle à leur annoncer, je souhaiterais le faire de vive voix.

Nikos hocha lentement la tête.

— Oui. Nous devons prendre soin de nos parents.

Elle se renfonça dans son siège et regarda les muscles de Nikos se tendre sous l'effort. Il n'y avait pas d'endroit plus romantique que celui-ci dans tout Manhattan et personne d'autre avec qui elle aurait voulu être.

— Où allons-nous ? s'enquit-elle.

— Oh ! plus très loin.

Il lui adressa un clin d'œil et elle lui sourit, le cœur empli d'espoir. Mais elle ne devait surtout pas laisser libre cours à son imagination. Ils n'avaient plus jamais parlé de mariage et il n'avait pas tenté de l'entraîner dans son lit. Elle passait toutes ses nuits seule à l'hôtel à rêver de lui. Mais ces non-dits, ces désirs refoulés altéraient leur relation. Son amour pour lui n'avait cessé de croître, mais Nikos s'était montré résolument silencieux, occupé par l'arrestation de son père et l'enquête qui avait suivi.

Elle le vit regarder autour de lui, comme pour vérifier qu'ils étaient bien seuls, puis il posa les rames et lui sourit. Les yeux dans les yeux, ils laissèrent le canot dériver.

— Es-tu heureuse, Jacquelyn ?

Elle hocha la tête, incapable de parler.

— Si je te disais que je ne peux vivre sans toi, cela te rendrait-il encore plus heureuse ?

Le regard fixé sur Nikos, elle se redressa dans le petit canot et le vit mettre la main à sa poche.

— Parce que c'est la vérité. Je veux que tu fasses partie de ma vie pour toujours. Je ne pensais pas un jour redire ces mots, mais je ne connaissais pas l'amour avant de te connaître.

— Moi non plus, souffla-t-elle, émue aux larmes.

— Pour passer le reste de notre vie ensemble, il faut d'abord nous marier, reprit Nikos. Je sais à quel point c'est important pour toi et je ne peux rien te refuser.

— C'est le destin qui nous a réunis, Nikos.

— Je sais. Il n'y aura jamais personne d'autre que toi dans ma vie. Alors, marions-nous ! Pour l'amour. Pour toujours. Pour les enfants que nous aurons et l'amour que nous leur témoignerons.

Sur ce, il lui tendit un petit écrin en velours. En l'ouvrant, elle découvrit un énorme diamant entouré de pierres plus petites, le tout serti sur une baguc cn or.

— Veux-tu m'épouser, Jacquelyn ? Tu ferais de moi le plus heureux des hommes en acceptant, murmura-t-il comme il lui glissait la bague au doigt.

Elle hocha vigoureusement la tête et il l'embrassa.

Il n'y avait pas de mots pour décrire la sensation qui l'envahit alors. Ils étaient juste deux amants dérivant sur un canot au milieu du lac de Central Park, unis par un même rêve.

Épilogue

Le crépuscule baignait les toits en tuile et les murs chaulés du village d'une véritable palette de pastels. Des bandes lilas, pêche et rose striaient le firmament et se perdaient dans la mer. Dans la chaude soirée d'été, des hirondelles voletaient ici et là, cherchant des insectes, avant de se nicher sous les toits de la villa.

Jacquelyn observait de sa chambre le soleil couchant comme tous les soirs depuis une semaine. Cette vue lui donnait du baume au cœur, tout comme la faune et la flore luxuriante de cette île paradisiaque. C'était rafraîchissant, après New York et tout ce qui s'était passé là-bas. L'agitation frénétique de la ville, les arrestations d'Arthur et de Bruno, et la fusion entre Ariana et Blue.

Debout à regarder tous les soirs le monde s'endormir, elle savait que c'était la seule chose qui comptait vraiment : le mouvement immuable de la terre et de la nature, cette petite île et les gens qui la peuplaient, les oiseaux et les fleurs, et l'homme qui avait déposé tout ça à ses pieds.

Un sourire aux lèvres, elle sortit sur la terrasse. Elle était si chanceuse, si heureuse, si étonnée de se trouver ici, prête à entamer une nouvelle vie avec l'homme qu'elle aimait. Sa société était sauvée et ses parents pourraient couler des jours heureux en Espagne. Elle avait tout préparé, de façon aussi efficace que sa robe de mariée suspendue dans la pièce d'à côté, et qu'elle porterait le lendemain.

On frappa à la porte.

— Puis-je entrer ?

Nikos. Un énorme sourire aux lèvres, elle se précipita aussitôt vers lui et se blottit contre son torse puissant.

— Tout le monde est installé et ta mère a enfin arrêté de pleurer.

— Elle est si heureuse pour moi ! Tout le monde l'est. Mais tu vas encore me manquer, ce soir.

— Tu sais où me trouver, dit-il en souriant.

— Je sais, mais nous avons toute la vie devant nous, désormais, Nikos.

Il hocha la tête.

— Je regrette juste que maman n'ait pas pu venir, fit-il d'une voix triste. Elle aurait été si heureuse…

Une larme perla à ses paupières et il l'essuya d'un geste rageur en serrant la mâchoire. Elle aurait aimé qu'il laisse libre cours à ses émotions, mais elle savait qu'il n'était pas encore prêt. Elle ferait tout son possible pour l'aider à guérir.

Elle effleura sa joue, sentant sa barbe naissante sous sa main et la courbe de sa mâchoire.

— Elle est heureuse, Nikos, et ne souffre plus.

Il ferma les yeux et s'efforça de sourire, mais elle savait combien il était tourmenté. Cela lui brisait le cœur de penser à tout ce qu'il avait subi : voir sa mère se faire rouer de coups sans pouvoir l'aider, puis s'enfuir et apprendre qu'elle avait subi des blessures irréversibles ? Il portait un immense fardeau de culpabilité, alors qu'il n'était en rien responsable.

— Tu es une femme remarquable, Jacquelyn. Je n'aurais jamais cru rencontrer un jour quelqu'un comme toi.

Elle hocha la tête sans rien dire. Le passé était révolu.

C'était l'instant présent qui importait, et ils seraient toujours là l'un pour l'autre.

— Nous nous sommes enfin trouvés, Nikos. C'était écrit. Nous ne savions pas où, quand, ni comment, c'est tout.

— Et demain, nous légaliserons notre union.

Elle acquiesça, les larmes aux yeux.

— Demain, je verrai enfin la robe que j'ai inspirée. Combien d'hommes peuvent se targuer d'avoir inspiré une collection entière de robes de mariée ?

— Le sexe hors mariage a ses avantages, mais jamais tu ne m'entendras le dire en public.

— Je veux juste t'entendre dire que tu acceptes de devenir mon épouse demain devant ta famille et nos amis. Et je te promets de ne rien révéler de la nuit où on s'est rencontrés. Ni de la suivante…

— Surtout pas, s'esclaffa-t-elle. Je n'y survivrais pas. Une femme de ma réputation, voyons !

Il la contempla avec ravissement, et son regard empreint d'amour se mua aussitôt en désir.

— Et ensuite ? souffla-t-elle.

— Et ensuite nous danserons notre première danse.

— Et je lancerai mon bouquet, ajouta-t-elle.

— Et *ensuite*… ?

Songeant au plaisir qu'ils avaient déjà partagé et à celui qu'ils partageraient bientôt sans restriction, elle poussa un long soupir d'aise.

— Nous ferons l'amour. Comme mari et femme.

— Et nous vivrons heureux pour toujours, conclut-elle.

Il déposa un baiser sur ses lèvres et la serra contre lui.

— Bonsoir, dit-il par-dessus son épaule, son élégante silhouette soulignée par la lumière de la lampe. Fais de beaux rêves. Je te verrai demain.

— Bonsoir, Nikos.

Elle ferma la porte et se dirigea vers le dressing où sa

robe blanche scintillait sous le clair de lune. Et elle versa des larmes de joie en songeant que, le lendemain, elle porterait cette magnifique tenue pour s'unir à l'homme qu'elle aimait de tout son cœur.

Retrouvez en juin 2020,
dans votre collection

AZUR

Le secret d'une innocente, de Caitlin Crews - N°4224

ENFANT SECRET

Cecilia est sous le choc. Jamais elle n'aurait imaginé revoir Pascal Furlani dans le petit village de montagne où ils se sont connus. Six ans plus tôt, cet homme l'a abandonnée sans un mot d'adieu, après l'avoir séduite dans l'abbaye même où elle avait soigné ses blessures, séquelles d'un grave accident. Comment Pascal ose-t-il se présenter devant elle, alors qu'il a bouleversé son existence tout entière ? Après son départ, en effet, Cecilia a dû rompre les vœux qu'elle s'apprêtait à prononcer, car un enfant est né de leur relation interdite…

Son cavalier du désert, de Heidi Rice - N°4225

PRINCES DU DÉSERT

Menacée par une tempête de sable en plein désert, Kasia est secourue in extremis par un mystérieux cavalier et son étalon noir… Mais, lorsque son sauveur se révèle être le prince Raif, souverain de la tribu des Kholadis, Kasia se sent de nouveau en danger. Non seulement cet homme a une réputation de guerrier débauché mais, surtout, il éveille en elle un désir aussi intense qu'insensé. Au point que, oubliant toute prudence, Kasia passe une nuit entre ses bras. Une seule nuit, mais qui pourrait bien avoir de lourdes conséquences…

**La trahison d'une princesse,
de Pippa Roscoe - N°4226**

Alors qu'elle admire le coucher de soleil sur les toits de Paris, la princesse Sofia mesure l'ironie de la situation. C'est dans la ville la plus romantique du monde qu'elle sera bientôt mariée à un homme qu'elle n'aime pas ! Certes, elle connaît son devoir envers son peuple, et cette union de convenance fait partie de ses nombreuses obligations. Seulement, à l'heure de renoncer à sa liberté, elle ne peut s'empêcher de songer à Theo Tersi, celui qu'elle a follement aimé autrefois, puis trahi en l'abandonnant sans un mot d'explication. Theo, qu'elle va revoir au bal de ses fiançailles, même si elle l'ignore encore…

Le fiancé d'une reine, de Rachael Thomas - N°4227

MARIAGE ARRANGÉ

Si Kaliana n'a pas trouvé un époux d'ici quatre mois, elle sera mariée de force par son père ! En tant qu'héritière du royaume d'Ardu Safra, elle a des devoirs, bien sûr, mais comment ne pas trembler devant l'injonction du roi ? Éprise de liberté, elle veut pouvoir s'unir à un homme qu'elle aura choisi. Et c'est sur Rafe Casella, un milliardaire sicilien, qu'elle jette bientôt son dévolu. Certes, il ne peut s'agir d'amour entre eux, malgré leur attirance indéniable et la nuit passionnée qu'ils ont passée ensemble. Mais au moins, leur engagement sera clair et net – et leur mariage, de pure convenance…

Tentation argentine, de Louise Fuller - N°4228

Cela fait deux ans que Mimi tente d'oublier le baiser brûlant qu'elle a échangé avec Bautista Caine, le frère de sa meilleure amie. En vain. Bien qu'il l'ait brutalement rejetée après leur fougueuse étreinte, cet homme occupe toutes ses pensées, jour et nuit ! Alors, aujourd'hui qu'elle doit le revoir à l'occasion d'un mariage en Argentine, Mimi redoute ses propres réactions. Saura-t-elle rester de marbre face à Bautista, sans trahir le désir qu'il lui inspire encore, bien malgré elle ?

Une dernière étreinte ?,
de Melanie Milburne - N°4229

Un week-end en Grèce. Alors que beaucoup en profiteraient pour se prélasser au soleil, Juliette n'a qu'un objectif : présenter sa demande de divorce à Joe Allegranza. Après quinze mois de séparation, il est temps pour elle de mettre fin à la mascarade de leur mariage. Certes, sa rencontre avec Joe a été passionnée. Mais jamais ils n'auraient dû convoler, alors que tous deux ne partageaient rien d'autre qu'une exceptionnelle entente charnelle. Sitôt qu'elle le revoit, hélas, ses résolutions vacillent. Son époux lui fait toujours autant d'effet, au point que Juliette a soudain très envie de s'offrir une dernière étreinte entre ses bras puissants…

Un diamant pour son assistante,
de Clare Connelly - N°4230

Tout réussit à Thanos Stathakis – ou *presque*. Cela fait des années qu'il cherche à racheter la société autrefois perdue par sa famille, or un obstacle se dresse encore devant lui. L'actuel propriétaire refuse de lui céder ce joyau tant convoité, pour l'unique raison qu'il traîne une réputation scandaleuse d'homme à femmes. Qu'à cela ne tienne, Thanos va se marier. Et il a déjà une idée de celle qui pourra redorer son image. Alice, son innocente assistante si troublée en sa présence, jouera à la perfection le rôle de son épouse… s'il parvient à lui passer la bague au doigt !

L'héritier d'un milliardaire grec, de Lynne Graham - N°4231

SÉRIE : *TROIS SŒURS À SÉDUIRE* - 1/3

Trahie par l'homme dont elle est tombée amoureuse, Winnie l'a quitté – sans lui révéler qu'elle portait son bébé. Aussi est-elle bouleversée lorsque, deux ans plus tard, Eros Nevrakis se présente à elle, furieux. Parce qu'il a découvert son secret, le voilà prêt à tout pour légitimer son héritier… Alors qu'il exige que Winnie l'épouse et l'accompagne sur son île grecque, elle se sent prise au piège. Si elle refuse, Eros n'hésitera pas à lui ravir ce qu'elle a de plus précieux : leur enfant.

Scandale à Madrid, de Susan Stephens - N°4232

SÉRIE : *PASSION AU PARADIS* - 2/6

À Madrid, tout le monde le connaît comme le duc d'Alegon, homme d'affaires le plus puissant d'Espagne. Mais, dans son château à flanc de montagne, il redevient Alejandro, roi des Tziganes. Fascinée par cet homme complexe à la réputation sulfureuse, la douce et innocente Sadie accepte de le suivre sur ses terres et, bientôt, cède à l'attrait qu'il exerce sur elle. Dans cette passion irrésistible et sauvage, Sadie se révèle et se perd. Jusqu'à se découvrir enceinte et provoquer par là même un retentissant scandale…

Le baiser d'Angelo Navarro, de Dani Collins - N°4233

En tant qu'héritière de la puissante famille Montero, Pia sait ce qu'on attend d'elle : un mariage avec un aristocrate de son rang. Or, à l'occasion d'un bal masqué, elle perd la raison sous le regard d'un inconnu, mystérieux et envoûtant. Un baiser, une étreinte passionnée, et voilà qu'elle lui offre son innocence… Une folie d'autant plus grande que, bientôt, Pia découvre que son amant d'une nuit n'est autre qu'Angelo Navarro, fils illégitime d'un baron. Un homme sans naissance, entouré de scandale – le dernier qu'elle devrait fréquenter, mais le seul qu'elle désire et dont elle attend l'enfant…

Séduction sans scrupule, de Lucy Monroe - N°4234

Séduire Hope Reynolds, l'épouser et se débarrasser d'elle au plus vite. Tel est le plan de Luciano Di Valerio. Non pas que ce procédé lui soit particulièrement agréable, mais il n'a pas le choix : le grand-père de la jeune femme a fait de ce mariage la condition pour lui rendre ses parts de Di Valerio Shipping, l'entreprise familiale que Luciano s'est juré de sauver de la faillite. Et puis, le désir brûlant que lui inspire Hope compensera un peu son aversion viscérale pour le mariage. Mais, à mesure que les jours passent, Luciano ne peut empêcher une question de le hanter : Hope est-elle une femme sans scrupule qui a demandé l'aide de son grand-père pour arriver à ses fins… ou l'innocente victime de cette sombre machination ?

Composé et édité par HarperCollins France.

Achevé d'imprimer en avril 2020.

CPi
BLACK PRINT

Barcelone

Dépôt légal : mai 2020.

MIXTE
Papier issu de
sources responsables
FSC® C108412

Pour limiter l'empreinte environnementale de ses livres, HarperCollins France s'engage à n'utiliser que du papier fabriqué à partir de bois provenant de forêts gérées durablement et de manière responsable.

Imprimé en Espagne.